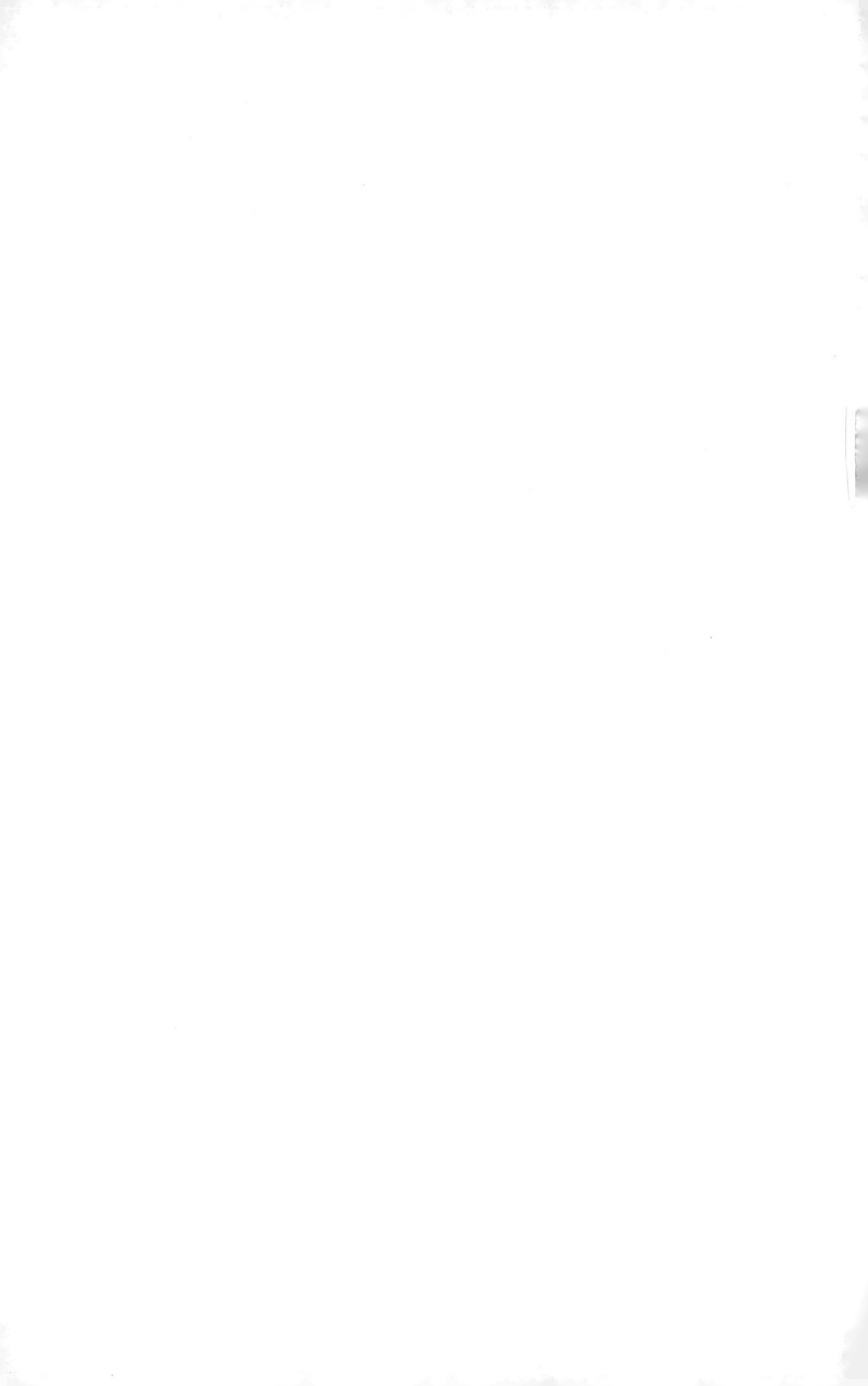

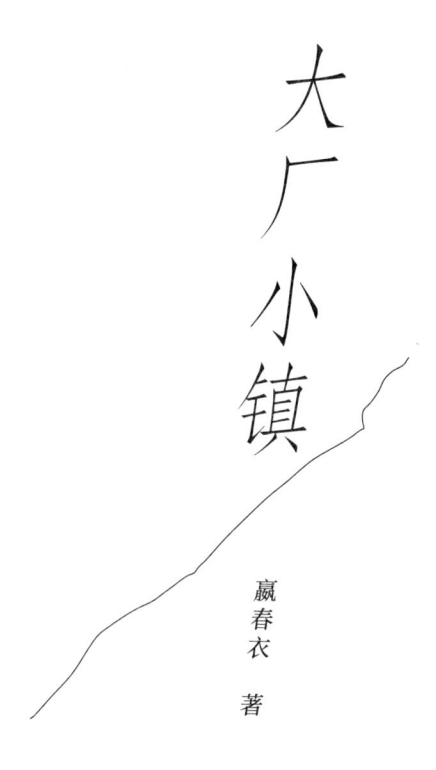

大厂小镇

嬴春衣 著

华龄出版社

有 态 度 的 阅 读

小马过河(天津)文化传播有限公司

目录

⬤ 大厂

003　飘雪

007　大车间炫耀男人

010　调皮的暖水瓶君

015　舞厅风云

023　被称为「噩梦」的女孩

028　小马

032　我做「贼」的日子

041　气流坊

054　骆驼与梅妹

强花

- 071 鸡蛋的战争
- 074 强花的第二任丈夫
- 078 长工
- 085 强花与小张
- 093 我和小张的斗争
- 102 你会做我的爸爸吗
- 105 峰儿
- 111 库尔班
- 120 强花的第三任丈夫

小镇

127　汽车旅馆老板娘的裹裙
133　老学校
141　想娶我的男孩结婚了
149　白大美
166　小雪和李小姐
189　肚子里有个饥饿的鬼
198　沙漠和红柳
219　笸子与梳子
226　城东老市场
234　老宅

ONE

大
厂

飘雪

我所在的纱厂是20世纪90年代我们这座城市的最后一家国营纱厂,我是这家纱厂最后招募的一批纺织工人中的一员。

直到现在我还庆幸,幸好工厂宣布破产了,否则我也有可能会和我的师傅一样,把大部分青春埋葬在那里,然后一无所有地离开,重新面对残酷真实的生活。

不过,那段灰暗的日子也还是有美好的事情发生的,我也逐渐意识到,即使身处黑暗,也有温暖和光明存在。

我有个朋友,住在宿舍的斜对角。她是个性格内向有点儿清高的女孩,有一个被人们称为"考试应激障碍"的毛病,这个毛病甚至改变了她的一生。她连续两年没有考上大学,最后不得不放弃,成了纱厂中一名普通小工。

可是,她压根儿没从对象牙塔生活的美好憧憬中走出来,根本没有办法适应弱肉强食的车间生活。

因为她性格温柔又慢慢吞吞的,像雪花般柔软轻飘,我昵称她为"飘雪"。

被招募进来的新工,都要经过一段实习期,其实就是跟着一个挡车高手学艺。我们会称教我们挡车技艺的人为师傅。

当时我与她被分在同一个车床。她的师傅和我的师傅面对面挡车,因为是同一个工种,又是同一个时间招的徒弟,两个师傅间似乎有什么默契——一种和徒弟有关的较量。

总之,那段时间我和她的日子并不好过。我的师傅整天都冷着脸,无论我多么积极地去帮她分担工作,也依旧得不到一个微笑。

她的师傅则几乎每天都在用纱把子敲她的手,我们从九月进厂到十二月临下雪的时候,她的手还是经常被敲肿,拇指甚至因为肿胀再加上流脓,看上去特别可怖。

通常中间开饭的时候,两个师傅会聚在一起交头接耳,目光时不时地投过来,似乎很不满意我们的表现,而我们也只是趁着吃饭的空隙休息下。我们不舍得花钱加餐,更不舍得请师傅吃饭。这样,情况越来越糟,师傅对我们越发不满意了。

不过我们知道,实习期总会过去,等接受完车间教练的测试后,会给我们分岗位。有岗位就意味着每天"六个油饼三分黄瓜菜"的日子就要结束了,同时我也紧张,如果测试成绩不好的话，将不会分到好岗位。

测试的时候，新工站成一列，按顺序上机床操作，要在最短的时间内完成指定任务，手法得熟练且需完成得完美。

上学的时候，我是属于平时成绩中等、大考爆发会考到好成绩的类型。而飘雪正好跟我相反，她提到过好几次，说自己有考试应激问题，通俗点儿讲，就是考试的时候发挥不好，只能发挥到平时的百分之二三十的水平。

她之所以没有考上大学也是因为这个。

在测试开始前，她悄悄地握住了我的手，我感觉到她手心全都是汗，那时候我还没有意识到她的紧张程度，并不是我只言片语就能打消的。

果然在测试的时候，我超常发挥，成绩几乎可以媲美师傅，而她却因为超过了规定时间，而且手忙脚乱弄错了好几个顺序，最终没有过关。

好在教练给她师傅面子，勉强让她过关，也分到了新的岗位。

我记得她第一次很感激地给她的师傅买了午饭，不知道在师傅的耳边说了什么，还抹了眼泪，她的师傅眼睛也红红的，最终接受了那份午饭。

下班后，她跟我说："我现在不恨我师傅了，虽然因为她，我的手肿了好几个月，但是在最后关头还是靠她我才能得到现在的岗位。也许以前我误会她了。怪只怪我自己太笨了,师傅也是实在没办法才打我。"

那天我也很感慨。我接受了我师傅的礼物,是一件红色的漂亮的棉衣,时值寒冬腊月天,正是我最需要的。

我们上岗的头一天,一切顺利。

从那天开始,意味着我们告别了每月一百七十七块钱的生活,可以和老工人一样开始拿计件工资了。当然,想要拿更多的工资就要做更多的事,要使自己的技术更为熟练。

赚更多的钱,是我和飘雪的共同目标。

有一天晚上,我们下班后,都不想回宿舍睡觉。

深夜一点半,我们坐在楼道里,讲述着彼此的故事。也就是在那时,她对我说了她考两年考不上大学的事,说起她爸爸得知她再次失败后那沉痛、无奈的眼神,令她至今想起来,仍觉得难受,心里头好像破了一个洞,痛得想大叫出声。

我则跟她讲起了自己的多元化家庭。那些隐匿在心中的故事,在那天通通都讲了出来。等我们意识到楼道中渐渐有了人,并且他们用很奇怪的眼神看着我们的时候,这才发现,原来天已经亮了。

有时候友谊很纯粹,只需要一个可以共患难的环境,就可以变得深厚。时至今日，我们也还是最好的朋友，虽然见面的机会很少，但她在我心里特别重要。

大车间炫耀男人

在大车间工作，女孩唯一可以随时随地拿出来炫耀的，就是男人。

而这个炫耀的时间段，就是上班期间的加餐时间。

那时候教我技能的师傅长得很漂亮，个性突出，是这一百多人的大车间里的一枝花，是出了名的冷美人。中午的时候，她常常能收到好几份在外面餐厅订的午餐，这些来自喜欢她的男人，都是透过车间外面的铁栏杆让人带进来的。

一般情况下，把铁栏杆那边的午餐带进来的任务会落在普通职工以外的班长、教练或计工员身上。

他们被允许去车间外面，将铁栏杆外面的午餐带进车间，然后按照餐盒上贴的名字发放。有人送的自然能被点到名字，没人送的当然点不到名字。没人送的如果实在饿，就只能等车间大食堂的餐车来，吃点儿馒头、炒菜。

那些被递进来的饭，是各种美味，有炒面、拌面、炒凉皮和臊子面，甚至还有大盘鸡或者炖猪蹄呢。

我师傅每天中午能收到两三份午餐,最多的时候收到过六份午餐。其中不乏又英俊又有能力的青年男子,这可羡煞了许多人。可惜缘分这东西很难说,有人如我师傅这样的被许多人追求,就有人孤孤单单,躲在车间一角默默无闻。

一般情况下,我师傅只会挑其中一份吃,其他的分给别人;作为她的徒弟,我常常能得到一份午餐。

我师傅非常潇洒,从来不问是谁送的饭。

有一次,我宿舍对门的一个女孩,终于忍不住向我提出一个小要求,就是希望我在她上班的时候,给她送一次加班餐。

接着她往我手里塞了两块五毛钱:"炒凉皮好了。"

我马上就明白她的意思了。

一般呢,教练或者是班长、计工员把饭带进车间的时候,不会告诉车间里的人是谁谁谁送来的。可能是因为班长是男人,不喜欢八卦,导致教练和记工员也不好多说,而且还有许多像我师傅这样的人,都不太在乎是谁送来的。所以说,世界就是这么不公平,有人被许多人追求,有些人却只能旁观羡慕。

我和对门的女孩相视而笑,像说定了某种阴谋似的。

我一上午没好好看书,也没好好睡觉,而是一直在看闹钟。

等到了送饭的时候，我迅速跑到厂区外面的馆子里要了份炒凉皮，那鲜红夹杂着雪白的颜色，好像爱情一样夺目。我郑重地写下她的名字，由餐厅人员把写了名字的纸条钉在饭盒上。

然后，我把它送到车间的铁栏杆处，看到教练出来就交给她，并说了那个女孩的名字。

教练微微有些诧异，但等着她送饭的人太多，她也没多问，就把饭送了进去。

隔了大约四小时，女孩下班了。

我就在宿舍楼门口等她，看到她后，赶忙将她拉到一旁，兴奋地问："怎么样？"

她的眼睛亮亮的，脸蛋也红红的，笑嘻嘻地说："她们都以为是我男朋友送来的，问了我很多问题。"

嗯，那就是大功告成啦！

这就是我们制造的第一起"爱情阴谋"，而这阴谋没有伤害到任何人，只是很成功地满足了一下女孩的虚荣心。

不过这事在我后来的回忆中却变得很美好，甚至被放大到无限美好，为什么这样呢？我想可能是因为那个时候对爱情的期待太单纯，太美好。

懵懂时光总是好的，就算身处不算太好的环境里，心灵却是无垢的纯净。随着我们渐渐长大，等真正进入或真或假的爱情游戏时，却发现再也没有心思玩这种游戏了。

调皮的暖水瓶君

我们宿舍里共有八个人，分上下铺住着。

夜班的时候人是最齐全的，其他时候有家离厂区比较近的，就会回家去住。我是很不喜欢上夜班的，生物钟一直没倒过来，每次上夜班的时候身体就感觉无比倦怠，胃也会抗议般地持续疼痛。夜班对我来说是个很大的折磨。

夜班还意味着从下午六点钟开始，这个小小的宿舍里就开始热闹起来，直到夜里一点半，我们集体去上夜班。

在这几个小时里，有人从家里带来妈妈做的炸果子（一种油炸面食），有人带着大包的散装香辣牛肉干，有人会把鞋子脱掉，坐在床上按摩自己的脚。而我常常会放下手里的书，在上铺撑着下巴，听她们聊天。

边聊天边吃零食，似乎是宿舍里最为鲜活的时光。那时候我特别"迷"古龙，把古龙写的每本书都看了两遍以上，甚至废寝忘食，但是不管怎么样，我都会在宿舍人员全部到达之前把每个暖水瓶都打满热水。

我很热衷于做这件事，因为我觉得热水对我们每个人都很重要。吃零食时，端上一杯热水喝着；下班后，需要用热水洗漱，还要泡"福满多"方便面……当然最重要的原因是，我最后一个进入宿舍，而且年龄最小，当热水不够用的时候，常常没热水用的那个人其实是我。

好吧，高尚的理由都是为了平复冷酷的现实而造下的童话般的谎言。

总之，为了这几小时的热闹和泡"福满多"的时候有热水，我每天下午五点都要去打热水。热水房离宿舍的距离其实不算太近，附近的大食堂还有各餐厅的热水，也是由热水房提供。

热水房有着一个巨大的水箱，上面大约有八个水龙头，即便如此，我每次去还是得排队，而且需要四趟才能把每个暖水瓶都打满。等到最后一趟打回来，就七点多了，天色将暗未暗，我的任务完成，就可以上床去好好趴着休息一会儿。

细想想，要把这八个暖水瓶全部打满，真的不是那么容易的。

首先是那条洒满水的小路。

冬天的时候，洒满水的小路意味着那条路上都是冰和水，滑得厉害，即使身手再敏捷，也有"失足"的时候，况且手中还提着装有滚烫热水的暖瓶。

我亲眼看到一个很帅的男职工打了水往回走的时候不小心摔倒在地，结果开水从暖水瓶里倒出来，几乎将他半个身子都弄湿了，好在冬天的衣服比较厚，只是手背上留了一片疤痕。

为了避免摔跤，我每次走在这条路上都格外小心。所幸到离开工厂时，我一次都没有摔倒过。

除了摔倒，还有一种情况，就是暖水瓶的瓶塞会在走着的时候忽然跳起来，"砰"的一声脱离瓶体，直接弹出两三米远，落在深雪窝子里。这样的事情我倒是经常遇到，在那条路上，我总是狼狈地踏进深雪里找瓶塞。

还有一种最令人难为情的情况，就是人特别多的时候，在狭窄的路上只能侧身通过，特别是男女碰到一起，就很难为情。

其实从职工宿舍到热水房的那条小路，并不是真正的路，只是走的人多了，就成了路。这条小路之所以出现，是因为走大路到开水房的话，需要多花两倍以上的时间。

而这条小路，单纯是踩出来的，无人打理，再加上路两边的积雪，厚到可以没过女式高筒靴子，谁要是不怕雪钻到鞋里，尽可以在雪里走。

不过这样的人几乎没有，否则这条路也不会这么窄了。

让我印象极为深刻的有好几次。记得有一次是我拎着打好水的暖瓶，与一个拎着空暖瓶的女职工面对面走着，本来应该是能好好地控制自己的脚步，但不知道为什么，她到了我的面前，脚步却还是那样的迅速，结果我一个躲闪不及，直接坐到了雪地里。

她赶紧把我扶起来，发现暖瓶塞被崩掉了，又赶紧帮忙把暖瓶塞找回来，塞好暖瓶口，这才把我拉起来，连声道歉:"对不起,对不起,我刚才在想《穆斯林的葬礼》里的情节,一时走了神。"

在我的印象里,能看得进去这种书的,文化水平都超高。于是我特意去图书馆里借了这本书,可能是因为那时候我脑海里整天装着古龙书里冷血沉默的帅哥,所以根本看不进去,赶忙又把书还了回去。

还有一次,有个年轻的男职工,面对面走过来。

我知道侧身让路的场景就要出现了。我观察了一下,发现男职工年轻且英俊,没提暖瓶的那只手还插在裤兜里,大步走着,意气风发,而且他似乎也一直盯着我的脸看。我心怦怦乱跳,开始胡思乱想,怕不是缘分要到了?

于是,在我和他只有一步之遥的时候,我红着脸蛋侧身让路,想象着他也侧身的时候我俩四目相对的情景。但结果他在这关键的时候像兔子似的蹦着跳着从我面前的雪地上穿过,连擦肩而过的机会都没给我。

他穿过雪地之后,停下来还跺了跺脚,鞋上的雪粒子就滚落下来,而后还回头看了我一眼,继续意气风发地往前走……

我略显尴尬,直愣愣地站在原地。

同时,"暖水瓶任务"给我带来了"许多身体和心灵上的磨难"。有一次我接热水的时候被烫伤了手指,几天后脱了层皮,好在没有留下疤痕,否则我可能没有心情在这里回忆暖水瓶了。但怎么形容"暖水瓶任务"呢？它带给我伤痛的同时，也带给我一些好处。

比如大家带到宿舍里的牛肉干、油炸果子和各类水果、瓜子什么的，都会毫不吝啬地邀请我一起品尝，如果哪天我因为要回家而不得不离开宿舍一两天的时候，大家都会说："你早点儿回来啊，我们会想念你的。"

"是啊是啊，等你回来我买糖炒栗子给你吃啊。"

"还有还有，你来的时候能不能带点儿你妈妈炸的汤圆啊？"

说到汤圆，我妈炸的汤圆可是一绝。这是我妈的独家发明，炸汤圆又香又甜又有嚼头儿，不得不说，我妈是个美食家。

以前我很讨厌热水房，因为那里乱哄哄，排队时插队的不少，而且还有因为谁先接热水打架的。

热水房里蒸气弥漫、潮湿，地上也湿答答的。水龙头的设计不如现在这样先进，热水点总是乱蹦，没有点技术很难毫发无伤地接到热水，有时候接满了没有及时拿开，热水又从暖水瓶里溢出来，就会灼伤手指……

但是说实话，热水房的确是个神奇的地方。水房里"英雄救美""怜香惜玉"的事不少，有些女孩只需要站在那里，像接热水这么危险的活，自然有男孩为她们效劳。

我没遇到。大概是因为那时候，我还不够美。

舞厅风云

冬天下雪后,人们的活动场所锐减。在厂区内生活的职工们,多数情况下保持着"车间—食堂—宿舍"三点一线的活动范围,如果硬要再多加几个标地的话,那就是书店、舞厅了。

我师傅不喜欢去厂区舞厅。可能是因为她家住本地,下班后可以回家,想出来玩的时候可以和朋友一起去更高级一点儿的舞厅或者娱乐场所玩。

工厂倒闭后,我也有机会去外面的舞厅和娱乐场所,但总觉得外面少了厂区舞厅的热闹氛围,反而怀念起那个显得有些简陋的舞厅了。

所谓舞厅,不过是一间大屋子,里头摆了几只音箱,放着最流行的音乐,粗糙的灯光胡乱地闪烁着,晃着人眼睛的同时,也晃乱了人心。

当时的"兔子舞"是唯一能让男女老少全都参与的舞蹈,也是最热闹的舞蹈。

大家随着韵律蹦两下、停一下,后面的人扶着前面人的肩膀,默契地在房子里绕两圈……

还有一种舞蹈,中间和结尾处会出现类似公鸡打鸣般高昂尖细的叫声,配合它的舞蹈是一种叫作"追风"的"迪斯科"舞种,这种舞蹈年轻人参与较多,年龄大些的会觉得这种舞蹈"简直就跟大家集体疯了似的"。

我当年认真学习过"追风",主要是我觉得这个名字好听极了,自动将其等同于"追风的少年",似乎只要跳了这舞,人生就可以变得不羁起来。

"追风"实际上就是男一组、女一组,排成长列面对面站着,音乐响起的那一刻,就开始"追了",用一种类似于迪斯科的动作和脚步,男的往前时,女的就后退,女的往前时,男的就后退。

一般来说,有种很奇怪的令人兴奋的韵律在里面,至少在我看来,很好看,有着亲和而又野性的矛盾美。

可惜的是,我以失败告终。可能是从小就没有舞蹈细胞,好静不爱动,身体的协调性不好。当我真正尝试的时候,形成了两种强烈的尴尬。

就是当我往前,追着对面男子的脚步时,没有及时停下来,结果在他回身反追时,很自然地与他相撞,使大家哄堂大笑。

在后面的时间里,我很自然地再追着他的脚步,感觉时间到了后,像个偷了东西的小贼似的,先其他人一步及时退后,却又总是退得太早了。那一刻我像个掉队的小丑,尴尬到想要找个地洞钻进去,后来就干脆放弃了。

当时,除了"兔子舞"和"追风"这些外,还有两种交谊舞。

直到现在我也没仔细地研究它们本来的名字，或许应该叫某种"圆舞曲"，或者是某种"交谊舞"。但当时我们把那种随着音乐快速移动脚步和身体的叫作"快三"或"快四"，伴随着舒缓的音乐，慢慢地移动身体的叫作"慢三"或"慢四"。

这个时候，坐着的单身女孩，常常会成为被邀请的对象。

不过也有些女孩，因为过于内向，或者不会打扮，或者是身材不好而无人邀请，这时就显得很煎熬。

关键是，煎熬是煎熬，还必须要装出骄傲的样子。

所谓输人不输阵，千万不能让男人们看出你是希望有人邀请却没人邀请的那一类型，可是我总觉得这个是没有办法掩饰的，那种失落从内心迅速地溢出来，像夜里的月空那样弥漫开来，一眼就能被看透。

为了能少受这种煎熬，不会打扮的女孩们学会了打扮，舍不得买衣服的女孩们买了新衣服，高冷的女孩们也慢慢有了明媚的笑容。

真实的自己，有多么孤单、寂寞似乎并不太重要了，重要的是在人多的地方要把自己显现出来。

那时候，我有幸结识一位相对成熟的女孩，她比我大七八岁，已经很懂得情情爱爱的事了，为人亲和，却始终保持着合适的距离。

工作之余,她报了个舞蹈班,苦练了半年后,就不在乎是否有男人来请她跳舞了。音乐响起时,她会邀请女孩跳舞,比如我这样的初学者,她会充当男人,引领我们跳那种似乎更有技巧和正规点儿的交谊舞。

她的存在缓解了很多没有男人邀请跳舞的女孩的焦虑。

渐渐地,她就变成了厂区舞厅的焦点,有些男人也因为与她跳了一曲而备感荣幸。

她真正体会到了跳舞的乐趣。

有一次,她向坐在角落里安安静静听着音乐的我说:"你知道这里是什么地方吗?"

我不解为什么她问这个,然后她又说:"这就是一个想跳就跳、想乐就乐、不想跳就不跳、不想乐就哭的好地方,你要懂得享受这里。"

那时候,我觉得她确实做到了。

在我眼里,她是个了不起的人。她是我们那个厂区舞厅内唯一不焦虑没有男孩邀请会尴尬的女孩。

不管当初多么笨,在舞厅里又如何像个小丑,到底那里还是感情多发区,我收到的第一封情书就是跳舞时得来的。那是个瘦高的男孩,长得有点儿像站立起来的马。之所以这样形容并不是说他有多丑,相信我,站立起来的马很酷，而且有种令人喜欢的霸道气息。

他是第一个邀请我跳舞的男人。

记得当时我数次踩了他的脚，脸蛋发烫，如同刚刚喝下二斤烧酒似的脚步虚浮，然而他的双手总是很稳定，能及时有力地稳住我的身形。跳舞的时候，我们并没有说过一句话，甚至也没有问双方的名字，但是在跳完舞后，他交给我一封信。

"给我的？"

他还是不说话，只是微微点头。

人太多，我如同做贼似的，迅速把信收到自己的大衣里。那天我提前从舞厅里出来，心慌慌地回到了宿舍。

宿舍里除了我，没有别人。

我发着抖，将那封信打开，他的字很好看，龙飞凤舞却又绝对让我知道每个字念什么，信不太长也不算太短，整整一页吧，开头没有写名字，只用"亲爱的"三个字来代替，信的下方落款也只写"一个，爱你的人"。

还有比这更让人激动的事吗？！

这可是我人生中收到的第一封情书，我反反复复地看了好几遍，几乎能将每句话都背下来，包括句子后面是逗号还是句号都背得清清楚楚。之后，我像珍藏最宝贵的东西般将它四四方方地折好，压在床头放书和闹钟的鞋盒的最底部。

我将它藏得很深,却又唾手可得,以便想看的时候可以拉起床帘,随时取出来重温。

那时候,我真的以为遭遇了爱情。

也就是从那时候开始,我疯狂地迷恋起舞厅来,一周大约有四天会出现在那里,我终于不再自卑,就算我是个很笨拙的舞者又如何?我也有我的欣赏者。

可是,那个男人除了每次请我跳一两次舞,再没有说过多余的话,他好像已经忘了曾经给过我情书的事。

如果他请我跳舞的时候,曲子正好是《月亮代表我的心》,我就会自动脑补,这是他对我的表白。

他不问我的名字,我也不寻求他的名字,我以为浪漫的爱情应该有个浪漫的开始,或许他早已经知道我的名字,或许他还不知道,但那又有什么关系?我脑海里各种各样的浪漫情节涌现,而我将要一一去实践这些浪漫。

事实上,所有人都知道,海市蜃楼的美,终究是不能长久的,那时候我也真正明白了什么叫作好景不常在,好花不常开。

有一晚回到宿舍,看到他给我的情书,竟然被随便地扔在地上——宿舍里的成员都在,她们若无其事地聊着天,泡着脚,讨论着一会儿上夜班的事情。

我第一次冲着她们发脾气，将那封情书捡起来，吼道："你们太过分了！偷看人家的情书，竟然还随便扔在地上！你们太不道德了！"

宿舍里安静了片刻，我在她们诧异的目光中脱掉自己的大衣，三两下爬到上铺，把床帘狠狠地拉上了。

我知道我的脸色肯定难看极了，而且眼泪马上就要夺眶而出。

最后不知道是谁问了一句："你也收到了这样的信吗？"

我愣了下，"什么叫'也'？"

我的动作比我的思维快，双手已经将床头的鞋盒翻开，果然就从里面翻出一封与我刚刚捡起来的情书一模一样的信。

笔迹一样，开头一样，落款一样，连信的材质和颜色都一样。

有人拉开我的床帘，看到我手里的两封情书，笑道："原来那个男的真的有精神病，传说他抄写一封情书，在三天之内抄了大约一百份，又扬言说把信送给一百个女孩，自己就会获得一百份爱情。"

"呵，这人还真是贪心。"下铺的人笑道。

"是啊，既然是有一百份那么多，这跟垃圾有什么两样呢？"

原来我捡起来的这封所谓的情书，是刚刚某个舍友扔掉的垃圾。

我不假思索地把这两封信撕碎了,从上铺扔了下去,扑哧一下笑了,说道:"他长得好像一匹大马,自以为是白马王子。就他这样的,还妄想一百份爱情呢?"

失去爱情的我,为了保全自己的面子,忽然变得刻薄起来,那天我说了那匹大马很多坏话,比如他跳舞有多么难看,总是沉默着,好像谁欠了他三百吊钱,他穿衣服没品位,现在还有哪个男人会把衬衫塞在裤腰里?他身上的味道很难闻……

好像唯有如此,才会显得自己没那么傻。

可是每说一句,心里就像被割了道细细的口子,小小的伤口不为人知,却痛得我几乎要流眼泪。

那匹大马是很傻,可是他至少获得过我这个傻丫头对爱情的臆想。

不过我不会告诉他,这辈子也不会告诉他。

从那以后,我再也没有去过厂区舞厅,直到离开纱厂。那匹大马也彻底从我的生活里消失,我不知道他从哪里来,不知道他是不是厂里的职工,不知道他是做什么职业的,将来又是否有前途。我甚至在令人眼花缭乱的灯光里,从没真正地看清过他的样子。不过,他的确让我第一次尝到了所谓的爱情之苦。

但是不管怎样,我坚信自己在那段日子里,是爱过的。

不过我从来没有忘记厂区舞厅那种朴素环境里的朴素舞蹈，特别是"追风"和本土"慢三快四"，恐怕现在再难有人把它们跳得如当年那样激情。现在连广场里的大爷大妈跳起交谊舞来都具备技巧，有专业质素，只是他们跳舞不过是为了"身体健康"而已。

被称为"噩梦"的女孩

工厂与学校是有共通之处的，它们都是大家庭小圈子，形成自己社会小风气的同时又受到"墙"外风气的强烈冲击。

在这样的小圈子里，朋友真的很重要。如果一个人总是独来独往，偏又在某方面特别出色，很快就会变成圈子里人人喊打的过街老鼠，或被议论，或被当成众人的谈资。

如果你有很好的朋友，即使那个朋友并不出色，甚至有些软弱，他多少能为你分担些痛苦，在你情绪愤懑无处表达时，朋友很重要。这就是所谓的共患难、同荣辱吧。

我记得当初被分到三〇四宿舍时，宿舍里加上我，一共八个人。这八个人中，只有我一个是新来的工人，其他七个都是在工厂里已经工作了好几年甚至是十几年的老工人。她们对于我的到来，强烈地表示出不满的情绪。

她们厌烦我制造的任何动静。比如我如果在宿舍里吃东西，她们会觉得我咀嚼的声音很吵；因为不是同一个班次，我上下班回到宿舍，洗脸上床的声音她们也觉得很吵；甚至我睡着时，呼吸的声音也成了她们所诟病的。

但是睡着后的事情，我实在没有办法控制。我想要缓解紧张气氛，想做点儿什么，可她们却只希望我当个木头人。

那时候我切身体会到了什么是眼中钉的"钉"，什么是肉中刺的"刺"，其实作为别人的眼中钉、肉中刺，真是痛苦极了。

而她们则在我休息的时候用录音机听歌，或者大声说笑，甚至恶意地摇晃床，有一次我夜班下班实在累极了，爬到上铺就睡着了，结果忽然有人大力摇床，还大声喊："快点啊！着火了！地震了！"

其实，着火、地震并不可怕，让我惧怕的真正原因是这几个女人。我猛然间醒来，感觉床晃得厉害，还没有反应过来整个人就跌了下来，好在及时抓住了床栏并没有摔倒，但心怦怦狂跳。面对这些疯女人，我不知道还能说什么，心里却默默地盘算换宿舍的事情。

不过那时候，换宿舍并不容易。

当时的房价还没有涨起来，在厂区以外的地方租房子，一间地下室是五十块钱，而且没有自来水，没有暖气，没有厕所。如果想要租好一点儿的房子，就得跟别人合租，分摊下来每个月也得一百多块钱的房租及水电费。但是只要有人的地方就有江湖，有争斗，既然是合租，一定比住在宿舍里少不了多少麻烦。

而像我这样的新工，当时的工资不过是每个月一百七十七块钱。

可是住在宿舍里，一年只需交二十四块钱住宿费，而且水电免费，有厕所用，还每天有人打扫，水房里常年无限制供水，有洗衣槽可以洗衣服，还可以去开水房打现成的热水泡方便面。

总之，住宿舍的好处太多了，所以除了特别娇气或者有严重洁癖的职工，百分之九十以上还是选择住宿舍。

所以，即使在舍友最不满意我的时候，我也没有萌生退出宿舍的想法，不过也已经试探着想让管理宿舍的阿姨帮忙调配到另一间宿舍。

当时三〇四宿舍的隔壁，住着一个沉默的女孩，后来大家都以"噩梦"来称呼她，她比我大三四岁，不过胆子比我还小，不敢与陌生人说话。

说起来她比我要幸运，隔壁宿舍里都是同一批进入工厂的新工，从每个人说话的口音就能辨别她们来自五湖四海，对彼此不熟悉，对工厂不熟悉，因此多数都是小心翼翼地去相处。

我在自己的宿舍交不到朋友，目标自然向舍外转移，结果在那里结识到一个比较有意思的甘肃女孩，头发很长，一双大大的眼睛漂亮得无法言说。她很聪明，而且通晓人情世故，后来的许多事都是她教我的。

不过提起那个被称为"噩梦"的女孩，甘肃女孩也是满脸嫌弃，叹道："反正她待不长的。"

后来我几次在她的宿舍里遇见"噩梦"，其实还是个非常和善的女孩，就是看起来特别怯，怕生，仿佛不敢和人对视，脸上一直挂着卑微的笑容，但她的笑容总是带着"欲哭"的苦相。

想到我在宿舍里的遭遇，很同情"噩梦"，可是好几次与她搭话，她都很紧张地结巴起来，我倒不好再"吓"她了。

她回到宿舍里就上床，很安静。吃东西也是躲在被窝里悄悄吃，从来不去食堂买饭，吃的是从家里带来的大饼。

关键是她睡觉时不脱衣服、不脱鞋子，同宿舍的新工从一开始的不敢欺负她，到后来也都看出她不正常，开始有人当着她的面说她是不讲卫生的邋遢猪。

她也不回嘴，悄悄地窝在被窝里，安静得如同空气，却偏偏又让人无法忽略。

其实这也不算什么，一个三千人的工厂，百分之八十以上都是女工，用现在的话说，什么奇葩的女人没见过呢？

关键是，这个女孩每晚睡到夜里三四点的时候，就会大声惨叫。那声音悠长瘆人，好像地狱里钻出来的冤鬼，又好像某人被谋杀前夕最后的挣扎。

总之，她这样一喊，别说她所在的宿舍，就是整层楼都没有办法再入睡，半夜都拉灯起床，迷迷糊糊地偎着被子聊天，成了那时候的常态。

我们宿舍的舍友很不客气地说："这一批新工都有神经病啊！真是要命！这怎么让人受得了！"

我虽然装听不见，心里毕竟还是不舒服的。

又过了一段日子，"噩梦"的爸爸来接她，老实巴交的农民脸上布满了愁苦的皱纹。

他进入宿舍给女儿收拾衣服及生活用品，又向同宿舍的人道歉："这段时间真是对不起你们，你们多多包涵，我这就带她回家去，希望你们原谅她。"

事实上，"噩梦"并不是进入宿舍第一天就有这种半夜惨叫的毛病，变成这样我想大家都有责任。

可直到她真的被领出宿舍，慢慢地走出工厂，众人也只觉得，这样的神经病走了才好，对她并没有丝毫的愧疚之心。

我也没有，只是有点儿同情她而已。

小马

我新交的朋友小马，就是那个甘肃女孩，在宿舍里渐渐地有了很稳固的地位。

之所以被大多数人接受，是因为她有一双很漂亮的"勾魂眼"，这双眼睛让她显得不那么容易受欺负，而且应该很快就能交到很多朋友。

后来，她却在这批新工人中备受排斥，同时也备受老工人的冷落，还是因为勾魂眼惹的祸。勾魂眼这个词儿最早出现在她身上的时候，是带着艳羡和夸奖的，最后却变成了恶毒的贬义词。这中间到底发生了什么，我到现在也没有搞清楚。

不过在我的心里，始终还是有她的好的。

因为宿舍的人不喜欢我弄出太大动静，所以轮到上夜班的时候，也不敢开闹铃。夜班是一点半开始交接，一般晚上九点多宿舍里就安静下来，有些刚上完中班的，早早已经睡了。

但有时候也会选择不睡觉，一整个宿舍的人从下午五六点就聊天吃零食直到一点半，起身去上夜班。

我其实喜欢大家都吃零食到一点半再去上班，因为大家选择九点多开始睡觉的话，那么我只能在黑暗中借着月光,一会儿看次闹铃,一会儿再看一次。

时间过得很慢,又很快。

万一不小心睡过去,就要错过交接班的时间,我不敢睡,可是躺得久了,眼皮自然而然地打架。有一天晚上,我就是在这样的天人交战中,终于不顾一切地睡了过去。别的宿舍的人都起来准备上班的时候,我还在睡梦中。

然后也不知道过了多久,忽然有人敲门。我连忙下床,门口站着小马,跑得气喘吁吁的:"快,快点儿,要上班了!我就知道,你的闹铃又没响……"

原来她到车间后,发现时间快到了我却还没有出现,马上又从车间跑出来,专门唤我起床上班。

我马上穿好衣服,和她一路小跑,及时赶到了车间。

迟到,意味着被班长和教练骂,更意味着这个月不再有全勤奖,虽然新工本来就没有全勤奖,但是迟到一次要扣五十块钱。

对她感激不已,可是后来我们并没有成为真正的好朋友。

新工在车间里如何表现?在宿舍里又如何表现?大概都是有些学问的,只是没有人深究过。

但是她不同,她明白如何在宿舍里得到大多数人的认可,与大家和睦相处,那会儿她甚至游说我去她的宿舍,她们宿舍的大多数人都同意,我自然也乐意,如果不是有意外发生，大概我和她真的就可以住在同一间宿舍了。

一个屋檐底下生活得久了，难免磕磕碰碰，时间久了就会习惯和适应。适应不了的话，那么对有些事，只好能躲就躲了。

如果说宿舍是个小圈子，那么宿舍里头还有更小的小圈子，常常出现两极分化，甚至是三极分化的现象。但像我所在的宿舍般，全体人员集体将矛头指向我这个新工的现象还是比较少的，我一方面忍耐并努力修正自己，另一方面考虑朋友的建议换到别的宿舍。

巧的是有一天，我妈来宿舍探望我，买了许多水果。她本来以为我在宿舍里生活得不错，和大家也都能和睦相处，所以买了许多库尔勒梨送来，请大家一起吃。

结果宿舍里的人根本就不给面子，爱搭不理，而且全部都拒绝了。我妈当时很难过，还以为自己拿的东西太少了。

我只能告诉她，完全不是那么回事——刚刚和她们吵了架。这就跟一对夫妻床头吵架床尾和一样，明天就好了。

因为害怕妈妈担心我在工厂里的生活，向来都是报喜不报忧，还用谎言来安慰她。妈妈说："你们宿舍里的人真小气。"

她走了以后，我一个人啃了许多香梨，可能是因为没有吃梨心（据说吃了梨心就不会坏肚子），下午的时候就开始拉肚子，以很高的频率往厕所跑，厕所和水房是连着的，从厕所出来可以直接在水房洗手，当然水房每天都有人洗衣服。

好巧不巧的是，我在厕所里听到这位新朋友小马和她的一个朋友聊天。说的也就是宿舍里这几天的新鲜事，比如谁谁晚上睡着睡着，忽然放了个很大的屁，把全宿舍的人都惊醒了。大半夜的，宿舍里的人爬起来开窗换气，外面还在下大雪，那情景糟糕到无法形容。

她们又说到假如宿舍里有个不讲究个人卫生的，真是令人苦恼，关键是对方似乎意识不到这点，偏偏人又很横，宿舍里其他人就只能忍耐着。

接着，他们还提到了换宿舍的事，我的朋友说了以下这段话："隔壁宿舍里的那些老工，对她们宿舍里的新工厌恶极了，不在一个班次不说，这个新工又很穷，有老工的男朋友到宿舍来做客，看到上铺有个穿着很寒酸的女孩，实在很煞风景。宿舍里年纪最大的那位姐姐，都三十二岁了，大衣三千多块钱，真皮毛领呢子大衣挂在那里都因为穷舍友搞得掉了价……

"所以让我游说她到我们宿舍来，不过我们宿舍里的铺位也很紧张，虽然有个空铺，但那个空铺是几个月前得了急性白血病的人住过的。后来不是那个谁，被称为'噩梦'的精神病……住在那儿，就疯了似的，半夜总是叫，被她爸领回去了。

"想想都吓人,不过没办法,收了人家的礼物……不得不办事……"

我蹲在厕所蹲位上,听到这些话觉得肚子更疼了。

我知道她说的是我,也知道她的意思是收了我所在宿舍老工的礼物,不得不办事,想不动声色地促使我换宿舍。

本来我应该立刻冲出来,对着真心对待过的朋友一通大骂。最后却因为连自己都说不清的原因,直等到她们洗完衣服离开水房,我才从厕所里出来,腿都蹲麻了。我当时沉默着拖着僵硬的腿,一步步地挪回宿舍。

当然,往隔壁宿舍换的事,也就这样搁置了。后来她又来问了几次,我都含糊应对。

似乎也感觉到什么,她也就不再勉强了。

我做"贼"的日子

有一天晚上,我做了个梦,梦见经过一片西瓜地,鞋带开了,赶忙弯腰系鞋带,然后听到有人喊:"抓贼!"回头就看到很多人拿着棍子向我这边过来,我想解释我不是贼,可是没人听,于是在梦里我只能逃……

其实我从很小的时候就喜欢做梦,做过无数次好梦噩梦。我很能把梦与现实分得开,所以当梦到以上那个场景时,并没觉得有什么问题。

上学的时候,元旦收到同学送的贺年卡,末尾总有一句"好梦成真",可我知道,梦永远是梦,不可能是现实。

可能是因为我太固执了,所以上天和我开了个比较真诚的玩笑。

我的梦,成真了。

……

在我的印象中,那五十块钱的样子,现在依然清晰。

那张五十块钱的大票子是我妈给我的。那是我进入工厂的第一个月,本来拿了五百五十块钱,可是进入工厂后交了些费用,又领了工作服和在车间工作的工具(毛刷、打节器)之类后,就没有多少钱了。

当时离发工资还有三四天,可口袋里一毛钱都没有了,连三毛钱一张的油饼都吃不起。

无奈之下,我只好求助于家里。

第二天我妈就很及时地送来了这张五十块钱,还请我吃了中饭,又给我买了烤地瓜和甜饼这样的奢侈品。

美好的一天过去了。第二天早上,我用这五十块钱去买早餐。

算着这个月有这五十块钱,怎么也够了,于是没有像以前一样，在早上就把一天的伙食都准备好，而是只买了一份早餐。两张油饼和一份小菜，稀粥是免费的，一共花了八毛钱，食堂的大师傅给我找了四十九块两毛。

我已经打算好了，下班后要吃一顿炒面。自从进入工厂还没有吃过炒面，我已经是看见炒面就两眼放光的饿狼形象。

可是还没有到下班时间，中午加餐的时候，食堂的大师傅就带着保卫科的人到了车间，大师傅冷冰冰地指着我说："就是她！早上买了八毛钱的饭，我记得可清楚了，只有她一个人给了张五十元的大票子！"

然后我在完全没搞清楚出了什么事的情况下，班长就介入了，不知道保卫科的人跟班长、大师傅他们是怎么交流的，反正我被很不客气地"请"出了车间，到了保卫科以后，保卫科工作人员把那张五十块钱扔到我面前："这张是假钱，现在还给你，你现在要给食堂还五十块钱。"

我总算知道发生了什么事，但我不相信那张钱是我的。

所以我把钱拿起来看了又看，最后在钱的一角发现一颗心形图案，那是我在收到这笔钱后，觉得很感动的情况下不由自主拿笔在钱上画的一颗"心"，表达我这对这张钱的感激之情。

看到这个图案的时候，我的眼泪"哗"的一下落了下来，然后默默地把口袋里早上大师傅找给我的四十九块二毛钱全部掏了出来。

大师傅很凶地说:"还差八毛钱呢!"

我只能说,发了工资以后再给。大师傅让我立刻回宿舍去取,我说宿舍没钱,全部就剩这么多。

保卫科的人都不大相信,毕竟这年头,缺钱吃饭的人还是少数,连外面的叫花子也不可能缺八毛钱。本来我也不缺,假如这张钱不是假钱的话。

大师傅和保卫科的人没办法,只好放了我,保卫科的科长当时在场,就说了句:"不知道你爸爸、妈妈怎么教育你的,连八毛钱的便宜都占,真是没家教。"

为这事,后来的两天里,我光喝水,没钱吃饭。

因为是新工,又是很穷的新工,一方面不好意思开口借钱,另一方面别人也不愿意借,所以真就那样扛了两天,直到饿得头晕眼花时,发工资的日子到了,排着队去领工资。那虽然不是我人生的第一笔工资,但这工资赚得太不容易了,当我把一百七十七块钱拿到手的时候,心情很复杂,难以言表。

领了工资后,我并没有大吃大喝。我可不想这个月的伙食费又出现问题,只买了一碗粥和一个饼,慢慢地吃着喝着。这顿饭花了两块钱。

当天我是白班,舍友们是中班。

我下班领了工资吃了饭,又去食堂还了之前欠的八毛钱饭费，就回到宿舍休息，看了几个小时的书后就睡了。按正常的程序，舍友们应该是晚上一点半回来。

可是她们十一点多就回来了，还带着保卫科的人。

把我推醒，说要搜查。

我迷迷糊糊地醒来，把自己唯一的箱子拿出来，下了地后刚要打开箱子，发现舍友还有保卫科的人都盯着我，我疑惑地说："出了什么事，为什么只搜查我一个人的？"

保卫科的人还没有说话，宿舍里一个叫莉的女孩恶狠狠地说："当然搜你的！肯定是你拿的，我们宿舍里就只有你一个人是新工，除了你，我们其他人在一起住六七年了，什么事都没有出过，你一来就丢了东西！"

我这才明白出了什么事："你们认为我是贼？"我真是倒吸一口凉气！真是没想到啊，我刚刚还梦见自己被人当成贼，现在居然"噩梦成真"了。

"你们有什么证据？要搜大家一起搜，凭什么只搜我啊？"

我马上拒绝，并且坐在箱子上。

我当然不是怕被他们搜出来，只是觉得自己受到了侮辱，尊严被践踏了。后来保卫科工作人员答应我，说全部都要搜，说我的箱子已经拿下来了，就先搜我的。

最终我的箱子还是被打开了，里面除了两件校服（进入工厂的时候没有买新衣服，穿的还是学校发的校服），就是几本书，还有几个获奖证书。我不知道为什么当初要把获奖证书也装箱子里，可能那时候它们是我最宝贵的东西。

它们被毫无尊严地呈现出来，保卫科工作人员的一句话直接让我的眼泪狂飙："呵，还是获得过作文奖的，写作文不就是瞎编嘛，看来你很擅长说谎话。"保卫科另一个工作人员说："她有前科，前两天给食堂假钱的就是她。"

……

我被带到了保卫科，从我的床铺、柜子、车间换衣柜和箱子里，一共搜出了一百七十四块两毛钱。

宿舍里其他人并没有被搜，保卫科实际上已经认定我就是贼，当时答应我搜全宿舍的人，不过是为了哄我先打开箱子而已。

原来发工资的当天，宿舍里有个女孩丢了全部工资一千两百多块钱和给男友买的两包中华烟。

也就是从搜箱子的那个夜里开始，我差不多每天都要被请到保卫科两三次，每次他们都像警察一样盘问我，并且恶狠狠地威胁："你快点儿说，你不说这事怎么都没完！"

我常常在工作间隙被请到保卫科，导致整个车间的人都知道我是个贼。

工友们异样的目光，让我第一次感受到这个世界的恶意。这感觉比我想象的还要令人痛苦。

教我技艺的师傅因为我常在上班时间被请到保卫科去而少干了很多活，也对我颇有意见，那时候，我除了离开工厂，再没有别的选择。

最让我难过的是，在保卫科搜我箱子的第二天，我就被那个叫莉的舍友从宿舍里赶了出来，她双手叉腰，凶神恶煞地把我的箱子和铺盖都扔在过道里。

我不能回宿舍住了，又没有新宿舍，而且现在名声不好，又有谁肯收我这样的人呢？

管宿舍的阿姨虽然说会给我找新宿舍，不过好几天也没有消息，而我只能暂时住在过道里。

好在过道里并不冷，地面打扫得也很干净。这已经是我唯一值得庆幸的了。

三四天后，还是教我技艺的师傅勉强说通了她所在宿舍的其他舍友，让我搬到她们宿舍的一个上铺。

但是大家对我的态度不是很好，跟防贼一样。好在这个宿舍里的人都很好，我在这里交到了朋友并且和大家相处愉快，直到工厂倒闭前夕，我一直住在这个宿舍。

不过事情还没有结束，案子没有破，我始终都是唯一的犯罪嫌疑人。大约半个月后，车间班长和教练也分别找我谈话，意思是作为一个新工，偷东西对以后影响不好，反正在这里也没有多大前途，不如现在离开算了。

面对他们的劝退，我想这肯定是要离开了，既然要离开了,不能受这委屈。

再次被叫到保卫科之后,我就大发脾气,我像个疯子似的拍着桌子说:"你们凭什么只搜我一个人?你们有证据吗?明明没有搜出来,凭什么硬说钱在我这里?你们保卫科就知道冤枉人!真正的贼早就被你们放跑了!"

可能是因为我情绪太激动,而且句句说到他们的痛处,保卫科科长在打了我一耳光后,忽然拿出了他的警棍,作势要打我,我二话不说就跑了出去,正好门口经过一个女人,我直接扑在这个陌生女人的怀里哭起来:"他们要打我!"

无巧不成书。这个女人竟然是厂工会的负责人。她当时就骂了保卫科科长:"她还不过是个小女孩,你想干吗?"

保卫科科长赔笑什么的自然就在情理之中了。不过还是当着那女人的面,认定我就是贼。原因就是,她是宿舍里最需要钱的,而且有前科(指假五十块钱的事)。

后来工会负责人把我带到工会办公室,问了所有事情的来龙去脉,然后说:"现在有两条路可走:一是和保卫科死磕,到最后如果查不出来就算了,不了了之;二是报警,让警察局的人来插手此事,不过一旦警察局插手的话,万一查出来真是你拿的,那么后果可是很严重的。"

我想都没想就说:"那报警吧!早就该报警了。"

自从警察局的人插手后，保卫科的人倒没有再来找过我，三四天后，案子就破了。原来是那个叫莉的偷的钱和烟，和丢东西的舍友竟然还是十几年的老朋友，最后她们的友谊破裂了。

工会的负责人并没有忘记我，在知道小偷不是我以后，作为补偿，我被提前一个月定岗（有了自己的工作岗位，拿计件工资），提前一个月结束一百七十七块钱工资的生涯，不必通过教练考试，而是提前进行定岗后测试，合格后即可定岗。

当然我的测试是合格了，所以我离开师傅，有了自己的岗位。

这事从发生到结束，整整历时两个月。对于我来说，如同一脚踩进了一个光怪陆离又恐怖的世界，眼里所有的风景都颠覆我从前的看法，它让我在短时间里迅速成长，让我感到这个世界的残酷和冰冷，却也让我感受到阳光。

比如工会的负责人大姐，还有不顾非议将我安排进宿舍的教我技术的师傅，都让我再次认定，就算是在最艰难最黑暗的地狱里，也同样能照进阳光。

唯一让我无法释怀的是，当事情结束，我用积累了两个月的工资为我妈妈买了件呢子大衣，又买了好多好吃的东西，抽时间回家探亲时，给我妈说起那五十块钱的事时，没想到我妈却说："不是说假钱在女孩手里容易花出去吗？

怎么会没有花出去呢？"我直接震惊了，原来她知道那是假钱，在我最需要钱的时候，送了一张假钱。这是我这一辈子都无法释怀的痛。

气流坊

这座拥有三千职工的大型纱厂，有很多关于气流坊的传说，每个都很恐怖。

比如有个年轻男人，很喜欢在气流坊墙外的水管那里洗澡，因为不但隐秘，而且从水管里流出来的水很热，比当时用锅炉烧热水的工厂洗澡堂的水温度要稳定许多，也很方便。

他在车间做事出了很多汗，就跑出来把上衣一脱，往那个水管子下面一站，酣畅淋漓地冲一阵，然后再穿上衣服回车间。

但是有一次，他正在那里冲澡，水管里竟然冒出比热油还要滚烫的发黄的热水，只听一阵惨叫，他就倒在水管下。等到大家发现，他身上的皮肤都已经被烫熟，脸上的皮肉卷曲、掉落，露出白森森的骨头……

又比如，一个电工去气流坊修复电路，可是不知道为什么就此失踪。大概两个月后，另一位电工去顶棚修复线路，发现了失踪电工的尸体，被许多电线缠绕着，在风和气流坊的特殊环境里变成了干尸。

还有，据说经常有个三十多岁的女工，急匆匆地出入气流坊，遇到人就问："怎么出去？怎么出去？我被关在这里了……"

气流坊为什么有这么多的恐怖传说？我想可能跟它的构造和环境有关。该怎么描述这个地方呢？

那是一个超过五百平方米的大空间，或者还不止这么大，与它相连的分别是络筒车间（络纱筒的车间）和织布车间，它们一左一右，将气流坊夹在中间。气流坊与所有房间一样，有四壁，但是其中一面墙壁（或者说它并不是一面墙壁，而是一个占据了整个墙壁的大风扇，大风扇的背面似乎还是墙壁）黑漆漆的不透光，但是风扇的最上方，贴近屋顶的地方却有一缕光线。

那窄细的光线无论强弱，都让人产生逆光视物的感觉，更显得大风扇像只说不清道不明趴在墙壁上的怪物。除了这面装有大风扇的墙壁，还有令人望之就倒吸一口凉气的屋顶，那上面布满厚厚的几层错综复杂的电线及其他线路，像叠在一起的无数蜘蛛网，又如同我在科幻动画片里看不透的八卦图。

在这些八卦图中间，挂着几盏低瓦数的节能灯。整个气流坊看起来非常昏暗，而且因为大风扇的原因，总觉得有莫名其妙的小风,从四面八方甚至从脚底一阵一阵地窜过来,让人不断地起鸡皮疙瘩。

整个气流坊,除了摆了些大卷的纱筒之外,就是差不多一人高的机床,有四五排,上面积满了灰尘。

气流坊的具体存在意义,我到现在也没有搞清楚,它的工作原理我当然更不清楚,只知道在那些高大的机器后面,在气流坊的最深处,还摆着几组柜子,而我的换衣柜也在其中。

那个时候,我刚刚转调到一纺。

原本我是二纺的新工,定岗后也是在二纺工作的,可惜二纺氛围非常紧张,紧张到什么程度呢,就是大家不顾一切地去抢。

比如,当初我车床的对面是一个又高又大的女人。为什么说她又高又大呢,因为机床的高度,一般人站起来,只能看到对面机床的人的头顶。但是她站在那里,直接是俯视我的全部,我仰起头可以看到机床的对面一个凶神恶煞怨气重重的整个女人的脸。

之所以要提到她的身体情况,是因为她这种人高马大的身体素质在二纺中是很占优势的。

二纺的纱严重不足,而我们的车间叫作"络筒车间",络筒车间与纺纱车间其实是相连的,这么说吧,我们的络筒机床后面就是纺纱机床,络筒车间工人的职责就是把已经纺成的小把纱线集到一个大线筒上,那个线筒的重量是在 1.7 千克以上 2 千克以下。

我们的工作直接与这些线筒挂钩。一个班程内,能纺出几组线筒,能纺出多少千克,这些数字和到手的工资直接挂钩。换句话说,有纱就有筒,有筒才有钱,关键就在于"纱"。

但是纺纱车间的纱,总是不够用,为了得到更多的纱,工人们各出奇招。

按一般的工作程序,纱是由几个男工人送的,他们会按照络纱的时间,按照顺序把纱送到一个个络筒工人的机床上。这个是没错的,不过总有人打乱这种程序。

比如,有一个短头发的胖女孩和一个送纱员谈恋爱,于是她每次只需要坐在机床上,连屁股都不用挪,就能得到无限量的纱,不必浪费时间等待,工资当然也挺高。那时候我们刚刚明白个税是什么,她每个月的个税都好高。

又比如,有些年龄大的女工,和络纱的工人或者络纱的组长关系较好,在纱用完的时候干脆等在络纱机床前,等到纱被装到纱袋里的时候,她只需要自个儿把纱袋拽到自己的机床上,继续开始工作就行了。

后面这种办法,被多数络筒工人效仿,发展到后来,就连送纱工也要和络筒工人抢纱了,工作都被络筒工人做了,他们是多余的。而他们各自的女朋友,还在等纱,所以不加入抢纱的行列是不可能的。

出于秩序的考虑，络筒车间的工人们直接把络纱车间给排排坐，精细割地了，比如络筒机床对应哪个络纱机床，每次工人就都等在络纱机床的尽头，只要纱一落下，就由这个机床的工人去抢。

可是，一个络筒机床有四个岗位，也就是时常面临两个以上的工人抢一袋纱。形势这么严峻，好身板可是占了大便宜。比如我和对面的这个高大女人，通常情况下如果我和她抢同一袋纱的话，我的手还没有碰到纱袋，已经被她一屁股撞出好远，最坏的一次是我摔倒后，手被不知道谁扔在地上的割纱刀给割伤了。

不但没抢到纱，还需要去医务室包扎，半天的时间就这样耽误掉。

可能是因为我们常常抢纱，即使在不抢纱的情况下，比如清扫机床的时候，比如中午加餐的时候，比如上厕所的时候，反正任何让两人目光相对的时候，她就会恶狠狠地瞪过来，仿佛我就是她的仇人。

而且她想瞪我的时候，直接站起来就能瞪到我，我站起来却只能看到她的头顶，真是太吃亏了。不过她并不是我决定调转车间的主要原因，主要原因是我实在不适合这样争抢的氛围，就算没有她，换成任何一个另外的人，我也未必能抢得过，就算抢得过，心里也很不舒服，那人的沮丧也会让我心情很不好。

犹豫了大约一个月后,我决定想办法调到一纺去,也是因为我认识一纺的打包员,并且很快和她成了好朋友,这也是我越来越想去一纺的原因。打包员这个岗位与众不同,他们是与普通工人一个级别的,但是他们多了一项权力就是抓"纱疵",就是发现纱筒的瑕疵之处,并且罚款。有些比较粗心大意的职工,每月被打包员罚去的钱就不少,发工资的时候会被扣掉。比如抓了一个"错管",以纱筒尖端的颜色来区别,错一个罚两百块钱。

我也中过招,深知打包员在车间里的重要性。

那么一纺的打包员既然是我的朋友,我当然少了这方面的顾虑,于是真的就开始想方设法地调到一纺去。

那时候我可不知道一纺有个气流坊,如果知道的话,说不定会犹豫一下,甚至老老实实地继续留在二纺工作。

可当时我并没有预料到一纺的环境问题,只想离开让我抢不到纱的二纺。

在打包员朋友和我的共同努力下,我如愿以偿地调到了一纺丙班,果然与打包员朋友是同个班次了。以后我当然不必担心被抓"纱疵",只是因为一纺内都是老工人,并且换衣柜多年不动,根本就没有多余的换衣柜。

班长灵机一动,想起了气流坊内的那些闲置换衣柜。然后他很负责任地买了把新锁,带我到气流坊深处的闲置衣柜,找到了一格完美无破损的衣柜,把小锁细心地装好,然后说:"这个柜子就是你的了。"

可能随着他进入气流坊的时候,因为有他在,所以我并没有觉得害怕,只是看到大风扇和昏暗的空间时,一点点怪异的感觉从心头掠过。

所以我接受了这个柜子,并且很真诚地感谢他,表现出很喜欢这个新柜子的样子。

那天下班,做完交接班后,别的工人都往络筒车间后面的更衣室走,我却进了气流坊,因为我的柜子在气流坊。

虽然交接班的时候人很多,偏偏气流坊却安静得要命,也不能说是安静,毕竟左右两个车间将它夹在中间,轰轰的机器声长年不息,可我就是觉得过于安静,冷得没有生机。

等进入被换衣柜隔出来的"更衣室",在简陋的空间内,我才发现犯了个很大的错误——不该接受这个柜子,应该让班长再帮我想想办法。

因为这里真的很令人恐惧,很可怕。我想唱歌壮胆也做不到,因为随便发出个什么声音,就会有好几层的回声反回来,那声音悠悠荡荡的,更可怕。

我匆匆忙忙地换完衣服,打开柜子把工作服、打节器(机床操作用具)和清洁毛刷往柜子里一扔,重新把锁锁上，就立刻跑了出来。

我开始惧怕每个交接班的时刻，因为交接班意味着必须去衣柜那里换衣服，拿工具或者是放工具。

后来为了节省在气流坊逗留的时间，我开始在宿舍就穿好工作服，然后只需要去柜子里拿工具，如果工具可以带出车间的话，我想我不会再想要那个柜子，宁愿自己麻烦一点儿。可惜的是，车间的操作工具不能带出车间。

好在后来终于有人发现我每天像见鬼一样，匆匆地跑进气流坊，又匆匆地跑出来，关切地问我怎么回事，听说了原委后，她表示以后就陪我一起。

以为有了伴儿，我也不再害怕。

其实，有时候恐惧是可以加倍放大的，两个人的恐惧绝对比一个人的还要深重，我们会像疯子一样从气流坊跑出来，用百米短跑大赛般的速度，有时候她在前，有时候我在前，无论谁在前，都是同样的害怕。

我们大喊大叫，旁若无人，等到出了气流坊的门，就在门口捂着腰眼大声笑，笑得喘不过气来，两人相扶着，如同喝醉酒般，踉踉跄跄地走出车间。

可是我们并不是朋友，而是完全不同的人。

她下班后喜欢窝在宿舍里养花看书，整个一层楼里，就她所在的宿舍花最多，也不是什么名贵的花种，就是在乡下时我妈妈常养的那些花。

比如大叶海棠、月季、三角梅和夹竹桃等，那盆很大的夹竹桃就放在窗台旁，后来它的高度都到了窗台的中间，她们宿舍的人说这花又难看又占地方，好几次给她搬到了宿舍外面。

她害怕被人偷走，于是又固执地搬回了宿舍，几次三番过后，也和宿舍里的人发生口角，甚至差点儿打架。

虽然最后没打，但是她的心情糟透了，便找我来诉苦。

我说那花的确太大了，宿舍空间又这么小，而且夹竹桃的花据说还有毒，放在宿舍里太危险了，万一吃饭的时候不小心吃下去，出了人命可就麻烦了。

她考虑了两天，后来说，不如把花搬到气流坊。

我对此表示怀疑，气流坊终年不见什么阳光，花在那里能活得了吗？我的质疑没有维持多久，她们宿舍的人就又集体把那盆夹竹桃请了出来，其实也不能怪宿舍里的室友，除了夹竹桃，其他的花也几乎把宿舍的空地都占用了。

虽然说花能净化空气，赏心悦目，可是在工厂上班的人，心都是渐渐麻木的，走路都是一走一顿，害怕被什么东西绊倒似的，实在没办法再养很多花。

只搬出一盆夹竹桃，也算给她面子了。当天正好是中班，我们俩吭哧吭哧地抬着那盆夹竹桃往车间去，被门卫拦住，我们只好撒谎是车间主任要往他办公室里搬的，当时车间主任及很多办公室设计都在车间里，与车间一体。

门卫听了,也只好放我们进去。

我们真的就把夹竹桃抬到了气流坊换衣柜那里,每天用喝剩的茶来浇花。自从有了这盆夹竹桃,气流坊的氛围好像越来越恐怖了,不知道为什么,我总觉得那棵夹竹桃很悲伤,可能是心理作用,总觉得植物就应该生长在阳光下、雨水中,但绝不适合生长在气流坊这种环境中。

我觉得那悲伤甚至化成了某种灵魂,飘荡在气流坊中。当然这个想法我从来都不敢说出来,直到有一天,她说:"我觉得那盆夹竹桃成精了!我能感觉到它,它是懂事的,它能明白我内心的想法。"

我被吓了一跳,反而更不敢去气流坊了。

而她却去得更勤了,有时候就算不是交接班,也会在等纱的间隙去气流坊看看那盆花,害怕它渴死,去的时候往往要在杯子里灌满水,再倒在花盆里。

后来,又有几个工人听说气流坊有多余的柜子,而且还有盆很漂亮的夹竹桃,竟然要求把衣柜也挪到气流坊,班长一一应允。结果气流坊就渐渐地热闹起来,去换衣服的时候也没有那么恐怖了,还有人好奇地观察那盆夹竹桃:"好神奇,它怎么可能在这样的环境下生存下来,真的好奇怪啊!"

没想到在宿舍里饱受排挤的夹竹桃,在气流坊里反而很受欢迎。现在她下班后最大的兴趣,就是继续去工厂的花园里挖花苗，然后买一只两块钱的土花盆，将它们移植在花盆内。

我那时候真的很不明白她的行为，数次质疑，花好好地长在花园里多好，为什么要移来移去。

当然，宿舍里也确实没有地方放了。

有这闲情，还不如和我一起去借本书看看。她对我的生活方式嗤之以鼻，反驳道："我种花怎么了？我种花可以陶冶情操啊。花没地方放，我可以放到气流坊去，气流坊多大呀！"

然后她还不忘埋汰下我看的书："你每次去借书都是什么武侠书之类的，为什么不借那些言情小说，比如什么辛紫媚、天晶等，你知道我们宿舍里的人怎么说你吗？一点儿都不像个女孩，女孩才不像你天天看古龙的小说呢！"

我才不在乎她们宿舍的人怎么看我，就像她也不在乎我怎么看她一样，我们还是各活各的。后来络筒车间终于有了空出来的柜子，我又要求班长给我在车间找柜子，班长答应了，终于我不用再去气流坊了，那种仿佛被鬼追着的日子结束了。

气流坊始终是我的噩梦，就算它变得又有人气，又有花香，但对我来说，还是尽早离开为好。就算离开了，有段时间我还是常常梦到自己在气流坊里没命地奔跑，想要逃，却忽然找不到门。

这就如同我的梦想和青春，在日复一日重复的日子里，在机器的轰鸣中，终将被禁锢和毁灭。

我刚刚进入工厂的时候还自学英语呢，现在那本自学英语的书被压在箱子底，动也不动了。我除了在侠义世界里寻找激情和自由，似乎再也没有别的办法了。

因为从气流坊里出来了，不再去那里，下班后我和她又都是各忙各的，没多久我们之间就没有什么交集了。甚至在低头不见抬头见的车间里，我们偶尔的目光对视，也都是淡淡地转开，没有什么大的矛盾，可是竟变得比陌路人还陌生了。

又过了大约一个月，去气流坊要柜子的人又纷纷回来了。换衣服的时候听她们讲，说她是个神经病，爱花如痴，让她们实在受不了了；而且那些搬到气流坊的花基本都枯萎死去了，连那盆夹竹桃也快要死了。

现在一进那里，就有股植物腐烂的气息，实在不想再进去。

有一次，我看她进入气流坊，便默默地跟在后面。

到了气流坊的最深处，只见一溜二十几只花盆，里面的花都干枯了，一点儿都不生动，甚至还很可怖。

那盆夹竹桃似乎也正在枯萎之中。我看见她蹲下身用小铁钩一下一下给花盆里的土松土，然后把一小把肥料似的东西埋在里面，用很紧张的语气说："不能死，不能死……不是说在任何环境里都应该绽放花朵和青春吗?你死了我怎么办啊?"

我过去轻轻地拍拍她的肩,说:"我们走吧,那边也空位了,我们还是去那边吧。不要再来这里了。"

她抬起头狠狠地瞪了我一眼……

大概是一个星期后的一个夜班,忽然有人尖叫着从气流坊跑出来,说有人死了。大家都吓了一跳,纷纷跑到气流坊,结果发现她昏倒在夹竹桃边,那盆夹竹桃彻底枯萎了。

她没有死,只是病了。

原来她在几个月前已经被诊断出来得了某种血液方面的疾病,是一种治不好但治疗费用却奇高的病。因为家里条件不太好,她就算快要死了,依旧还要在工厂里上班,而那些花被她寄予了某种非常好的希望。

我们去医院看她的时候,她已经醒了,看到我她笑得有些苍白,无力地说:"我种花,就是在种自己的生命,觉得花活了,我也能活……"

那天,我忽然忍不住哭了起来。

怪自己太麻木,怪自己没发觉她是个病人。

第二个星期再去看她,她的病房里已经摆满了花,都是工人去看她的时候送的,各种类型的鲜花很茂盛蓬勃。

当然其中也有我的,我给她送了盆仙人掌,希望她能战胜病魔，康复起来。某个黄昏，我和另外一个室友将一盆很高大的夹竹桃搬到了气流坊，再后来又陆续有花被搬进去，它们后来还被搬到了中间用餐室……

每次，特别累和特别沮丧的时候，我都会想起气流坊的那些花，事实证明，只要有心，就算是一个没有阳光且环境荒芜的地方，依然可以开出绚烂的花朵。虽然它们也很快就衰败了。

我没再去看她。我知道我们注定分别。

我们只不过一个机缘巧合下才聚在一起，甚至从未说过彼此是朋友。我们是完全不同的两个人，不过，她陪着我在气流坊疯狂，在门口捂着腰眼笑得喘不上气的情景，有她的花，她的病，像旧照片上的故事，永远地烙在了我的记忆里。

骆驼与梅妹

友谊是什么，很多人觉得，友谊就是一起上厕所，一起打球，一起睡觉，一起逃课，一起欺负别人，反正凡是能单独做或者不能单独做的事，对方都陪着你做了，那就是友谊。

自从到了工厂，见着那么多为了经济利益而反目成仇的事，还有为了夺纱而打得像疯子一样的事，让我一度觉得，这里是不可能存在友谊的。

其实我和之前提过的那个打包员朋友骆驼，之所以能成为朋友，也并不是因为我和她特别有缘分，而是因为她的闺密恰巧是我的饭友。

在我想象力丰富的大脑的刻意策划下，我首先和她的闺密成了关系不错的饭友，而后和骆驼也成了朋友。

食堂那么大，至少有三百平方米的空地，有相连的七八家小食堂的桌椅，如果没有饭友的话，自己去吃饭，得占一个圆桌，就会特别尴尬。所以，饭友的存在是特别合乎情理的。

我一直很信奉一句话——存在即合理。

总之，因为我是骆驼闺密的饭友，我和骆驼也就渐渐熟悉了。她相貌清秀，中等个头，留着男孩发型的女孩，二十二三岁的样子，走路时很像个假小子，肩膀一耸一耸的，感觉就不是能被人欺负的主儿。

在这个大集体里，你和谁交往，你的朋友强不强，或者是你除了在大食堂吃炒凉皮和炒面汤面什么的，有没有常常被邀请到私人小食堂里吃大盘鸡、红烧蹄花和狗肉，这都是很重要的事情。

假如你一个人常常独来独往，每天只吃大食堂最便宜的饭，那么就算你是个美女，大家也要与你保持距离。

当时纱厂附近有个水泥厂，渐渐地就流传起一句谚语，"纺纱厂的丫头，水泥厂的小伙"，感觉这谚语像没说完似的，可是谁都懂这意思，意思就是水泥厂和纺纱厂"通婚"的情况很多，水泥厂的男工通常就近娶了纺纱厂的女工。

因为是"就近"，水泥厂的男工，有时候也会来大食堂吃饭。

这样一来，厂里有什么出名的美女，有哪个美女太高傲，有哪个漂亮又活泼等信息，都被他们掌握得一清二楚，最终的结果就是导致孤单清高的美女，常常要变成孤家寡人。

因为纱厂里的女孩太多了，绿肥红瘦应有尽有，而水泥厂据说才几百个工人而已，几千美女对上几百个男人，自然是要吃些亏的。

人说物以稀为贵，多了就不稀罕了，就因为有这么好的庞大资源，所以水泥厂的小伙们才敢无视清高孤傲的女孩们。

但是清高孤傲可是美女们从骨子里带来的，就算所处的环境中男人很少，优秀的男人更少，也依旧不会让她们放下身段去敷衍和寻求一些看起来廉价和低质量的爱情。

她们宁愿和女孩们发展一种牢不可破的，可以延伸一生的友谊。

骆驼就是这样一个高傲的女孩，她对男人的鄙视似乎是从骨子里带出来的,所以说起男人的话题,在每句话的末尾她都会很夸张且真诚地加上一句:"男人真是恶心死了!"

有时候直接用两个字——"恶心!"

对于男人,除了用"恶心"这两个字形容,她似乎找不到更好的词了。她的闺密,也就是我的饭友,对她的行为常常报以一笑。和她们在一起久了,就发现她们的称呼很有趣,她称我的饭友为梅妹,而她被梅妹称为骆驼。

我和她俩的关系没法比,差得不是一星半点儿。

骆驼常常给梅妹按摩,梅妹舒服地躺在床上享受得理所当然,而我的任务就是给她们俩下去打饭。打上饭后,她们俩头对头吃饭,我却只能坐得远远的。

从宿舍到车间,有段不算短的距离,梅妹少拿了样工具就进了车间,骆驼马上就主动去宿舍给她取来。但如果是我忘了拿什么东西,骆驼会在我的头上狠狠地敲一下,大声教训:"这么糊涂还上什么班?去睡觉好了!"

不过她会向已经下班但还没有离开车间的人为我借工具,说:"将就一下啦!不要跟梅妹学,梅妹的工具是用了多年的,用别人的不习惯。"

即使亲疏有别,我也对这两个朋友很满意了,甚至产生"有友如此,夫复何求"之感。因为骆驼可是打包员,可以一直给我放水呀,不抓我"纱疵",可以让我每月多赚二三百块钱呀!

而且我那时候以为骆驼和梅妹的友谊,是会永远延续下去的。

要不是梅妹后来的变化,她们的友谊可能会更长久些。而梅妹的变化跟水泥厂的小伙有关。

她是怎么认识水泥厂的小伙,这事已经无法考证了。反正不知道从什么时候起,有辆东风货车经常会停在离女工宿舍最近的工厂侧门口,每次东风车到了按几声喇叭,梅妹就会一番打扮后出门。

刚开始的时候,骆驼并没有发现不妥,直到连续几个晚上,梅妹被外面的男人抱着回来,喝得醉醺醺的,完全不知道自己是怎么回来的。

骆驼为这事和梅妹吵了好几次,二人有了嫌隙。

梅妹刻意地躲着骆驼,不再和骆驼一起吃饭,不一起看电影、去舞厅。我好几次看到梅妹从纱厂的侧门出去,上了那辆东风车,脸上带着灿烂幸福的笑容,感觉她已经找到了自己的天堂。

好几次,我都想跟骆驼说:"梅妹不会回来了,不如就让她去谈恋爱吧!如果我们祝福她,或许还能成为她的好朋友。"

不过,骆驼不听。

在梅妹离开骆驼的第二个星期的某个中午,我正在认真挡车，车间里的轰鸣声让我头痛，飞舞在空气中的纤维几乎堵住了我的呼吸，我时常觉得呼吸困难。忽然想到之前有人说，在纱厂工作的人，多数要患上肺病，有个工人因为得肺病死亡，后来家人要求解剖以求死亡原因，结果发现肺中塞满了棉纤维。

每次想到这个事，我就恨不得立刻跑出车间。

骆驼就是在这时候找到我，在我耳边吼道："帮我约梅妹，我要和她好好谈谈。"

"在这里吗？"

"是。在这里说话才不会被人听到。"

正好我的机床上也没有纱了，下袋纱还要十几分钟才能到，我从机床上下来，走到梅妹的机床前，向她招手。她也将车子停下，取掉脸上的口罩问："有什么事？"

梅妹的眼睫毛上落了层棉纤维，看起来倒像是白色的睫毛膏，她真的很漂亮，不但男人喜欢她，就连女人也喜欢她。

我指指我的岗位："骆驼在那边等你！"

她犹豫了下，应该是不想去，满脸犹豫，不过发现我似乎又要劝她的样子，才有些无奈地点点头，随着我一起到了骆驼面前。

骆驼向我挥挥手，示意我可以继续去工作了，她们之间的谈话不想被听到。

我坐在机床上,因为没有纱,也只是呆坐着,听机器的轰鸣声,脑子里却还是想着有关肺病的事,渐渐地手心里就冒出一层汗,很有逃跑的欲望。

那时候我以为,在纱厂工作说不定会得上肺病这事,就是在工厂里工作的人的最大心病。现在想来,我那时候的想法真的很肤浅。

后来有人告诉我,任何职业都会有职业病风险,而我们工厂的工作,并不在当时的十大危险行业之中呢!要着眼当下,不要惧怕未来,如果你想逃那就逃,但逃走之后所面临的,说不定是更深的危险和更大的困难。

其实,没有钱才是更大的困难和危险。

这话很有哲理,只是并不是我当下想要说的重点。

重点是,我以为骆驼和梅妹的友谊能到永远,甚至到死的那一天,她们也会是很好很好的朋友,甚至比相依为命的人还要亲密,但事实再一次证明,现实永远会给希冀一个残忍的答案。

本来在机器轰鸣中,的确任何离骆驼和梅妹一米以外的人,都不能听清她们在说什么,可是那天也真是邪了,机器忽然就停了。

所有的机器都停了,据老工人说,这是十几年都没见过的事,在他们的印象中,就算是过年,也没有所有机器在忽然之间都停的现象发生。但那天,忽然就毫无预兆地停了,连班长都不知道是怎么回事。

在机器停止的那一刻,骆驼和梅妹的对话大家听得一清二楚……

梅妹首先发现机器停止、轰鸣声也停止的事,慌张地要去堵骆驼的嘴巴,可是骆驼完全失去了理智,甚至在梅妹因为堵不住她的嘴巴而捂着脸哭起来的时候,她还问了句:"你这是干吗?"

我因为就坐在离她们不远的地方,这时候指指机器,向骆驼说:"机器停了。"

是的,机器停了。

因为空间太大,骆驼刚才说的话都产生了回音,这时候已经有人渐渐围拢来,平日里看着关系还可以的,也都指指点点,不知道谁先笑了起来,接着有人尖着嗓子嚷嚷:"哟,奇事啊!骆驼向梅妹表白了,她还说爱她呢!"

"哈哈哈,还真是,我刚才还以为耳朵出问题了呢!"

"真是林子大了,什么鸟儿都有,女的和女的也能说我爱你呢,什么玩意儿,丢尽了我们女人的脸!"

"是啊是啊,真丢人……"

班长对梅妹还是很照顾的,在机器重新运转之后,他让梅妹先回宿舍休息,可能就是班长这么一个微小的举动,梅妹被大家归为受害者的这一边,都纷纷安慰梅妹,让她早点儿回宿舍休息。

而骆驼却受到完全不同的待遇,班长怒声呵斥她:"很好玩吗!看你闹的,快回岗位!"

那天之后,梅妹还是梅妹,仿佛是为了破解"骆驼与梅妹是同性恋"这样的传说,她反而和水泥厂的那位货车司机来往得更密切了,下班时间几乎全部都给了那位货车司机。

骆驼也不再去管梅妹了,照常工作,照常吃饭。

只是所有人都知道,有什么东西不一样了。

当时我们的宿舍里并没有单独的浴室,洗澡需要到工厂的大澡堂里,洗一次给一块钱的堂费。

每天交接班后都会有大群的人涌向大澡堂,否则眼里、嘴里、鼻子里和毛孔里细长的棉纤维会让人浑身不舒服。

那天下班后,我照常端了盆子,里面放着洗发水和香皂毛巾等,穿着拖鞋叫上骆驼一起去洗澡。到了大澡堂子,两人一人一张堂票交了,就进入浴室。

浴室是半封闭式设计,换衣柜与浴间没有分开,所以换衣柜里边常常也都有水珠子,湿漉漉的。大通间里用一个个简单的板子隔开一档一档,一档里有一个水蓬头,有些蓬头年深日久早坏了,一柱粗粗的水直射下来,烫得人跳脚。

不过人多的时候,能占到这样一个蓬头就是好事,不必挑了,一挑说不定需要等半小时或一小时才能轮到。

当我们去往大通间的深处找空位的时候,一个一个裸着的身体出现在视线里。有人正在大力地搓去身后的污垢,有人把全身都打满泡泡,站在水蓬头的正下方任水冲着,有人把腿抬得很高,脚蹬在一边的墙壁之上借力洗着大腿……

我刚刚来到这样的浴室时,也不敢抬头向两边看,可是时间久了,就觉得这根本没什么。

骆驼对此也早就习惯了,有时候人实在太多,水蓬头不够用的时候,我们会尝试和别人共用一个水蓬头,问着:"能空出半边吗?"

但是那天,所有人都拒绝了,我们只好端着澡盆往更深处走去……

因为浴室设计方面的问题,越往深处走,水的温度越不稳定,而且水量也比较小,有时候忽然很烫,烫得你来不及躲开,有时候又忽然很凉,凉得你倒吸一口凉气。有时候水量小到只能一滴一滴往下流的状态,所以大家尽可能地都在靠前的浴间里洗澡。

既然没有人愿意和我们共用一个蓬头,我们只能无奈地对视一眼,继续往里面走,然后不知道谁叫了声:"她怎么来了!她可是女人的身子男人的心啊,把咱们的裸体都看了去,心里不知道在胡思乱想着什么呢? 真恶心呀!"

"谁，骆驼吗，那个？"

"就她啊，你看呀，就她！"

大家都把脑袋从浴间隔挡里探出来，往中间的走道上看着，可怜见儿的，当时的我和骆驼也都裸着身子。是啊，都进了浴室，谁还要穿着衣服洗澡呢！

众人的目光如同一支支利箭，将骆驼射得千疮百孔。

我赶紧往后面走，找到一个状况不怎么样的空位，一把将她拉了进来。

骆驼站在水里，也不管水的凉热，就那样冲着。那是我第一次看见骆驼流泪，她一直都坚强得如同男人，她可以为了朋友去和别人打架，没有谁能欺负她。

可是现在，她只能默默地流泪。

要知道，以前她来浴室，如果谁要空出一边儿，进档同洗，那都是非常受欢迎的，毕竟和她搞好了关系，可以被少抓"纱疵"，每月多拿一些工资。

可是现在这情况，要她心里没有落差是不可能的。

我从来没问过她和梅妹之间到底是一种什么样的情感，那是一种更深层的友谊，或者真的已经超越友谊，成了同性恋，或许不管那是种什么样的感情，都是一种很真挚的、希望对方过得好的情感。

那是我第一次体会到"人言可畏"这四个字的力量，就算骆驼再坚强，梅妹再聪明漂亮，也不能抵过这四个字的力量。梅妹很快离开了工厂，据说是家里给介绍了对象，说不定年底就会结婚。

梅妹走后，所有的嘲笑嘲讽并没有停止，骆驼独自承受一切。除了我，再没有人愿意与她同桌吃饭，因为经常与她在一起，原本与我关系不错的几个同事，也都渐渐疏远了我。连师傅都在劝我，不要和骆驼走得太近了。

或许，我那时候年龄还小，觉得一切都能从头再来。所以并没有把别人的话放在心上，依旧固执地陪着骆驼。

后来，我总是想着要离开这个可以埋没一切的地方，所以去报了电脑培训班学电脑，下班后没有时间理会别人的想法，直接就去学电脑。这样一来，我便成了独行者。

好在那时候我只需要认真上班就没有什么问题，只有骆驼一个朋友也无所谓。因为我还小，有无限的前途，在未来还会遇到更多的人，还有机会拥有更多的朋友。

只是我去学习了，下班时间经常不在厂区内，骆驼更加孤独了，好几次我回来，看她独自坐在女工宿舍门前的花池边上晒太阳，一副天掉下来也无所谓的样子。

看到我也只打了声招呼。

我一直在想，一直在想，什么时候可以离开这该死的地方。

事实上，并没有留多久，在梅妹走了之后的几个月里，车间里的轰鸣声忽然停止的次数越来越多,有时候甚至直接放工人半天假。

过年的时候,竟然直接放了两个月的长假,工人们都意识到了什么,天下没有不散的筵席,分开的日子渐渐近了。

新年过后,工厂似乎又恢复了一段日子,大家在三月和四月算是整整齐齐地上了两个月班,不过离别的气息充斥着厂区的每个角落,那些渐渐减少的私人小食堂和总是不开门的书店,以及无人管理的澡堂,似乎都在预示着工厂未来的命运。

直到有一次我独自去洗澡,进入澡堂后没有发现平日里的热闹情景,反而只有一个人在阔大的澡堂里洗澡,而我进去的时候她正准备出来,看样子一时之间不会再有人来,在光线不太好又潮湿阴暗的地方,我是没法儿独自待太久的,最后只能叹息着走出来,去工厂外面的浴室洗。

工厂真的气数已尽。

我也开始寻找新的机会,好在参加过电脑培训,至少会打字,我开始在一家数字创艺工作室做实习工作,反正工厂到五月的时候已经不怎么开工了,就算有一天通知去上班,工人也难以到齐。而到了的工人虽然全副武装,但却因为没有纱,机床只能开一半留一半,大家只能聚在一起聊天。

有一天,我在宿舍收拾东西,骆驼走了进来,一把将我的床帘掀开，说："我走了。"

"唔，这就走吗？去哪里？"

我连忙从上铺下来，她已经顺手从我的床头捞起一本书，在上面写了几个数字，说："这是我的传呼号，你有事呼我。"

说完她转身就要走，我赶紧跟了出去，忽然有些离别的悲伤："骆驼，你要保重。"

"你进去吧，不要送我。我不喜欢这样。"

她的眼睛里忽然涌出一抹泪花："她走的时候就没告诉我，悄悄地走了。其实告诉我，我也未必送她，她那么傻。"

我也不知道劝她什么好，只希望她能过得好，也希望梅妹能过得好。

不知道什么时候，原来很繁荣的工厂，已经变得这样斑驳了。

墙皮脱落，平整的路上落满叶子，垃圾袋随风慢慢地往前移动……

脚下的阶梯，水泥也剥落了，砖缝里长出一缕碧青色的小草……

2000年6月，纱厂正式宣布倒闭。

我其实最想念的是飘雪，因为爱她，反而不想把那段斑驳的生活记录下来，或许以后会重新书写吧。

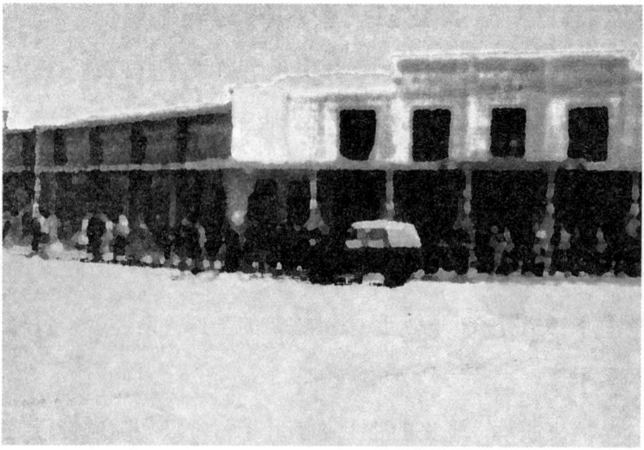

TWO

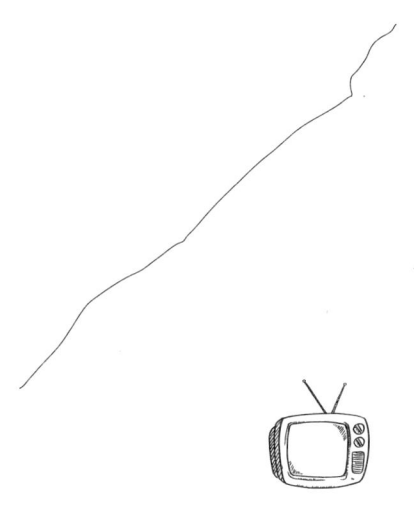

強花

鸡蛋的战争

那年夏天,鸡蛋的价格忽然涨了,一个鸡蛋可以换五根冰棍。

于是我总盼着卖冰棍的能经过家门口。整个暑假,几乎没有午睡,在别人午睡的时候,我搬个小板凳坐在院子里那棵老榆树下,拿着本《东方文艺》看,因为家里没有多余的书,这本书已经看过十几遍,看到连书的边角处写着什么都能背下来了。

当时家里有五口人,事实上如果把那位叫小张的帮工也算上的话,应该是六口人,可是一个鸡蛋只能换五根冰棍,结果经常是我妈不吃。

有一次我正坐在树下,等一只老母鸡下蛋后的"咯咯"声,院门外有个最亲切最让人激动的声音响彻耳边:"卖冰棍——雪糕喽——"

声音算不上浑厚有力,甚至还含着些模糊不清的苍凉,但确实是我听到的最美的声音了。可惜的是那两天我妈卖了一次鸡蛋，结果家里就没有多少剩余的鸡蛋，而我爸是个酒鬼，每天都有数鸡蛋的爱好，现在鸡蛋才积了不到二十个，他很容易就能发现鸡蛋少了一个，我不能去拿鸡蛋篓里的鸡蛋换冰棍。

可是那只老母鸡，还没有发出"咯咯咯"的叫声……

我等不及了，迅速地冲到草圈里鸡生蛋的窝前，老母鸡受了惊吓，"咯咯"叫着从窝里半飞起来，狼狈地冲出草圈。我看到那个圆圆的麦草窝里有只米黄色的鸡蛋，心情好得不得了，向母鸡飞走的方向大喊了声："谢谢你，老母鸡！"

然后将那只蛋抓在手里，还热腾腾的，让我诧异的是，鸡蛋皮儿竟然是软的，薄薄的一层，一不小心就有可能使蛋皮儿破裂。

不过没关系，软皮儿鸡蛋也是鸡蛋。

我小心翼翼地把它放在卖冰棍的老人手里，充满希望地问："能换六根冰棍吗？我家六个人。"

老人看着手里的鸡蛋有点儿为难，马上又说："这鸡蛋还是热的，是软皮儿蛋啊！"

我点点头，有点儿不好意思地说："没等老母鸡叫，把老母鸡赶出了窝。"

老人哈哈哈地大笑了起来，那笑容就如同当空的烈日，透着无尽的爽朗。他把那只软皮儿蛋抬起来，仰着头，然后一捏，蛋皮破了，蛋液就流进了老人的嘴里，喉咙"咕嘟"了下，将蛋液咽了下去，抹抹嘴，看到我不解的目光，笑着说："这软皮儿蛋倒也算难得，况且还热乎乎的，这样喝了能解暑，比冰棍强多了。行，今天给你六根冰棍。"

我高兴得不得了，喜滋滋地把冰棍拿回院子里，这才想起来，老妈是个暴脾气，看到冰棍肯定能想到我偷了鸡蛋，说不定打我一顿。那个酒鬼更不必说了，肯定整个下午都会唠叨。想来想去，我悄悄地到了弟弟和哥哥的房子里，把午睡的他们叫醒，一人给了一根冰棍，又给了帮工的小张一根，手中还有三根，于是又给了弟弟一根。

那天我吃了两根冰棍，简直太满足了，顿时觉得生活太美好了。

家里关于鸡蛋的战争，似乎从来也没有停止过。可能是因为除了庄稼外，鸡蛋是唯一的外快，不管是平时的冰棍、盐巴，还是水豆腐或莫合烟，都指着这些鸡蛋去换呢。

酒鬼又好酒又好烟，鼻子还特别灵，用我妈的话说，他的鼻子如果和军队里的狗相比，绝对比狗鼻子还灵。

比如我们住在村南头，可是村北头谁家正在烧肉，他就能顺着香味找到那家，然后坐在那里直瞪瞪地等开饭，如果主人家想着，我今天就是要捂紧锅盖，偏不让他吃这顿饭，那就错了，除非你能捱到第二天早上，酒鬼通常都能等到夜里十二点，摆明了非得吃上这口肉不可。

时间久了，大家除了骂几声没出息外，也都不再躲着他了，躲也躲不过去，无非是多双筷子的事。于是酒鬼是村里吃好宴最多的人，有好宴当然就得有好酒，况且他这样巴巴地吃上门去，有些人就怀了恶意的心思，故意将他灌得醉醺醺的。

我妈是最讨厌他喝醉的，但是他三天里有两天是醉的，于是他俩天天爆发战争，邻居们天天围观，算是他们请酒鬼吃肉喝酒之后的福利。

强花的第二任丈夫

酒鬼是我妈的第二任丈夫，不是我的亲爸。而我妈当然也不是酒鬼的第一个妻子。当初两人凑到一起过日子，只是因为相互需要，酒鬼需要我妈来管理这个拥有四个孩子的家庭，而从小就一条腿有残疾的我妈，需要酒鬼养家糊口。

结果是，两人都打错了主意，自从我妈到了这个家里，酒鬼的大女儿就没有沾过家，那时候她也有十五六岁了，后来在别人的介绍下去打工了。

酒鬼呢，当然也负担不起养家糊口的责任，甚至连个鸡蛋都要把持在手中，平时如果烧了道鸡蛋韭菜，他必要问清楚，这道菜里到底放了几个鸡蛋。饭后就会去数鸡蛋，验证答案是不是真实的。

对于这一点，不但我妈深恶痛绝，连带着家里的孩子们，包括我，还有那个帮工小张，都觉得很不可思议，对酒鬼的做法很不认同。

后来我们发现酒鬼一个秘密，其实他是不识什么数的，一般来说当鸡蛋积到三十多个，他就完全数不过来了，鸡蛋少一两个，他根本看不出来。等鸡蛋积上一二百个，他知道这鸡蛋该卖了，可是收买鸡蛋的人总是不上门，等收买鸡蛋的人上门，酒鬼又刚好不在，于是这卖鸡蛋的任务一般会落在我妈的身上。

卖了鸡蛋后，我妈象征性地给酒鬼分一部分钱，剩余的攒起来，给几个孩子买学习用具，或者交学费什么的。

酒鬼的钱，通常情况下都买了莫合烟，只要是醒着的时候，他就要抽烟，用旧报纸或者是旧书籍来慢慢地卷烟，其实他卷烟的样子很有范儿，这大概是他在日常生活中最有范儿的一件事了，烟纸在他手中很灵活地运动，烟沫不会流出来，卷好后用舌尖湿润一下烟纸的边缘，确定烟卷不会散，才在烟卷的另一头，把没有莫合烟的烟头掐掉，然后放在嘴里，点燃烟卷的另一头，深深地吸一口，这时候，他的目光是带着满足和淡淡忧郁的。

我妈的小名叫花花，和她熟识的人都叫她强花。顾名思义，强花的意思就是"强大的花"，当年有个电影叫《霸王花》，我妈虽然比不上霸王花，但是在丈夫只会喝酒和吸莫合烟的情况下，她还是能把这个家打理得兴兴隆隆，不得不说她的确是强大的。

她甚至一度成了我心目中的偶像。

我妈刚刚嫁给酒鬼的时候，还是很想做一个温柔贤惠的妻子的，当时家里孩子最小的刚刚六岁，最大的十一岁，她必须留在家里照顾孩子，所以地里的农活压在酒鬼身上。

酒鬼初时没说什么，也算是任劳任怨，我妈以为这种模式会持续下去，她是四月嫁给酒鬼的，那时候已经开始种田，到了六月的时候，酒鬼就有点儿熬不住了。

六月的天气已经很热，而且那时的农活很费体力，我妈心疼酒鬼，中午他回家后，已经先打了碗鸡蛋汤端到他面前，让他先把鸡蛋汤喝下，过会儿饭好了再吃饭。我妈是有点儿文化的，当年初中毕业后，因为各种原因没有继续考学，也因此使她原本有可能光鲜的人生变得灰暗。

不过这不是重点，重点是我妈不同于一般的农村妇人，她注重一些养生方面的事，据说先喝碗鸡蛋汤可以使人的体力得到补充，在天气很热的时候喝一碗也利于开胃口和平息内火，对胃也有一定的保护。但是酒鬼喝了一段时间后，逢人就说："我媳妇简直有毛病，回家后先给我灌一碗清鸡蛋汤，灌得我肚子胀得不行，饭都吃不下。"

这话传到我妈的耳朵里，心里五味杂陈。或许她不该妄想和这么一个粗鲁的汉子谈什么情、说什么爱，因为他那粗糙的心灵不会明白她对他的疼爱。那鸡蛋汤自然再也没有为酒鬼准备过了。

随着时间的流逝，酒鬼的所有伪装都剥了去。或许对他来说，新婚的时候自然是要表现一下的，可是如果表现起来这么累，那还不如放弃好了。

酒鬼还没坚持到八月，就已经撂了挑子，我妈当然也认识到酒鬼的真面目，这时候再后悔也已经晚了，家里还有三个上学的孩子，她不得不打起精神，自个儿带着孩子打理农田，一直熬到了秋收之后，总算没有浪费整年的精力，可是对酒鬼也彻底失望了，两人频频地吵架，甚至动手。

那一阵子，我妈的脸色灰暗，漂亮的眼睛里全都是绝望。

由于酒鬼与我妈半年多的磨合，不但没有磨出感情来，反而各种闹剧都重复上演，使邻居来看笑话。做过的事就如同泼出去的水，是没有办法再挽回的，我妈看着周围那些幸灾乐祸的目光，经过慎重思考，在没有与酒鬼商量的情况下卖了酒鬼的房子，然后在南面新开发的村子里买了栋房子，带着三个孩子先住了过去。

酒鬼没办法，只能跟了过来。到了新村之后，我妈开始表现得很强势,初时只是与邻居往来频繁些,后来干脆常常把邻居叫到家里来玩。

这里不是之前那个房子,周围都是看酒鬼笑话的邻居和亲戚,这里是一个全新的开始,渐渐地大家也都看出来家里的主导是我妈而非酒鬼,再加上酒鬼的诸多恶习,使大家完全能理解我妈的艰难之处,在老甫出现在新村的时候,他们就对老甫说了我妈和酒鬼这家人的情况,他们需要帮工。

20世纪90年代,帮工普遍的名字叫作"忙到",意思是"一忙就到",这群人现在已经没有固定的名称了,或许在城市里,大部分人叫他们农民工,可是在农民的家里打工的农民工,又应该被称为什么呢?我只知道长期固定在某家打工的这部分人,被称作"长工"。

长工

老甫,就是"忙到头子"。

当时雇用长工的人家并不是很多,而且来这里的长工也比较少,种田没有完全机械化,还是面朝黄土背朝天的旧模式,农田收入能保持一年一家人的收支平衡已经算是不错,有些人家甚至会越种越赔,到最后连地都种不起了。

而雇用长工，年底还要付工钱，这是一笔相当令人肉疼的支出，所以多数人还是会选择自己完成农活。

假如酒鬼不是整天除了喝酒就是吸烟，假如他的鼻子不那么灵，假如他但凡有点儿责任心，是能负起一点儿责任的男人，或许我们家也并不需要长工。

可惜这个世界上没有假如，三个孩子要上学，我妈还要负责院子里的日常生活，比如种菜、养鸡、养猪等一应事务，虽然有邻居帮衬，也没有办法应对农田里的事，就在这样的时候，老甫像是一道亮光，点燃了酒鬼本来快要崩溃的家。

老甫看起来一点儿都不像"忙到头子"，他整个的气质甚至称得上是温文尔雅，瘦，中等个头，腰板挺直，却并不让人觉得凌厉，对任何人说话都很有耐心，而且手底下有三十几个长工，一般情况下这些长工会跟着他去大农场集体做工，来的时候一起来，走的时候一起走。

所以当我妈表示很想雇用一个长工的时候，他很犹豫，因为这些人都是他的兄弟，他不但要带着他们一起赚钱，秋收后还要带着他们一起回老家，集体有集体的难处，但是一起来的兄弟如果能不离开集体当然都不想离开，毕竟孤身投入一个看起来比较复杂艰难的家庭，比跟在集体中同进同退难多了。

老甫被我妈留在家里住了两天，杀鸡、杀鹅招待得好好的，他住的房间里的铺盖，全部都是新换的。

老甫大概是觉得我妈的确需要帮助，而且酒鬼除了数鸡蛋，并不掌管家中事务，终于决定让他的其中一个"小兄弟"留下来，作为我妈家里的长工。

小张是老甫放在我家里的第四个长工，也就是说我妈和老甫认识四年了。

一般情况下，我并不觉得我妈是个残疾人，她只不过是走路与别人不太一样，但她并不需要拄着拐杖，人很漂亮，身材曲线优美，如果穿着长裙子静静地站在那里，没有人会把残疾二字与她联系在一起。

她的确不像是个残疾人，每天都会用一种特别的发箍，把头发一丝不苟地高高盘起来，没有一丝杂乱的头发乌黑光亮，露出光洁的额头，显得五官充满灵气，特别是那双眼睛，永远都充满着淡淡的让人看不清却又很想探究的神采。

她喜欢穿裙子，各种各样的长裙，露出洁白的脖颈。

她将自己的手和脚都保养得很好，指头修得圆而干净，绝没有一丝污垢藏在里面，她喜欢在中午的时候坐在老榆树下泡脚，修去脚上的死皮，修剪脚指甲。

那时候我的主要任务就是学习，不过清晨起来的那会儿事情还是很多的。要清扫所有房间，擦桌子、镜子和写字台，把房间里所有花盆都搬到外面去。我妈喜欢养花，主要是大叶海棠、玻璃翠、月季、倒挂金钟、三角梅等，都是些容易养活又普通的花，我妈很重视这些花，每天由我搬出去放在院子靠墙的廊檐下，晒清晨的太阳，正午的时候又能避过强光，所以这些花长势都很好，四季也都有鲜花。

这些花在某种程度上是她的宝贝，就算我清晨多么忙碌，不洗脸去上学都行，这些花是必须要替她照顾好的。

有一次，因为忽然觉得我妈对待那些花比对待我还好，又因为早早地被院子里的大白鹅吵醒，带了起床气，搬花盆的时候就故意把一盆君子兰摔在地上，花盆四分五裂，花也倒在地上，一幅被凌虐的画面。

听到声音，我妈看到了这副场景，二话不说就拿了门外的扫帚，用扫帚把狠狠地敲在我的背上，凶狠喊叫："搬个花盆都搬不好，养你有什么用？"

我妈脾气不好，家里除了弟弟，我和酒鬼的儿子峰儿挨打挨骂是常事，那天被打得脊背上都破了皮，起床气却打没了。

看到地上的花盆，也很心痛，每天把这些花搬进搬出，也搬出感情来了，于是去杂物房里找了只旧花盆，小心翼翼地将那棵君子兰重新种了回去，我又发誓似的说："肯定能长好。"我妈才没有继续追究。

有几盆仙人掌，长得实在是太大了，放在地上竟然差不多有一人高，实在没有办法再放在房间里，就让小张和峰儿将它抬到院子里的墙根下，很长时间都没有再抬到房间里来。

到秋天的时候想要抬进来，却抬不动了，仔细一看，才发现它的根须透过花盆底的那个圆孔，扎根到了土地里。

结果整个冬天，只能让它长在那里。

下雪之前，我妈将一个棉花单披在这棵仙人掌上面，又在外层套了两个编织袋，看起来就好像墙根下站了个可怜的流浪汉，我觉得冬天过去了，这棵大仙人掌肯定会被冻死的。

整个冬天，每次从房间里出来看到被厚厚的雪覆盖着的仙人掌，都心有戚戚然，总觉得到底是我亲手将它"搬大"的，现在快要被冻死了，有些悲伤。

让我没想到的是，春天的时候，随着冰雪消融、万物复苏，我妈把那条棉花单和编织袋取掉，露出里面的仙人掌，惊奇地发现它不但活着，而且活得很好，满身都是青绿色的嫩芽。

我妈对此一点儿都不意外，有点儿骄傲地对小张说："这东西，原本就是长在沙漠里的，那种地方，夏天热的时候可以把人热死，冬天冷的时候可以把人冻死，可是它偏偏不死，沙漠都会被它统治起来。"

这可能是我第一次对生命感到敬畏，生命那么卑微又那么坚强，我记得连菜园子里的苹果树和桃树，在深秋季节如果不埋在土里都会冻死，它们可没有仙人掌这样坚强呢！

后来我开始尝试写作，就想以"仙人掌"做笔名，可惜因为使用的人太多，重复率太高最后不得不放弃。

我无意中看到一种产在墨西哥被称为"疏长毛柱"的仙人掌科植物，它生长在沙漠中，耐高温耐旱耐寒，在烈日狂风下傲然而立，高大而强势，不管是外形特点还是植物生活环境、特质等，与仙人掌都很相似，中文学名就叫作"春衣"，所以最后我以"春衣"为笔名。我希望至少能拥有它们坚强和骄傲的特质，能在任何环境里倔强地活着并长得高大。

后来，我妈知道我写作并且有了自己的笔名，问我为什么起这么难听的名字，念起来又不顺口。我笑着说因为它和仙人掌一样坚强。我妈听后目光闪动，似乎回忆起当初那棵大仙人掌，又微微地叹了口气。

我们从那个院子里搬出来二十年了，恐怕那棵仙人掌早就被人铲了。

然而，那棵仙人掌的故事却没有结束。

大约是六月的时候，一人高的仙人掌上，长出了很多粉白花的长型花苞，有些邻居来串门，看到这情景就有点儿大惊小怪地说："呵，仙人掌要开花了！"

"是啊是啊，从来没听说仙人掌还会开花的！"

原谅当时的我们是那样孤陋寡闻，可能是村里选择种植仙人掌品种的原因，的确鲜见仙人掌开花，而且长到这么大的也很少，当时我十岁多，也是第一次见到仙人掌的花，所以这在我们那个小村里确实是件值得惊讶的事。

邻居们议论纷纷。

"这可不是好兆头啊！"

"是啊是啊，强花，你赶紧趁着它没有开花，把它铲了吧！"

我妈好歹是受过教育的，当年如果不是那条"残疾人不允许参加高考"的政策[1]，使她不得不放弃学业，她恐怕不会只当个农民。

总之，我妈是个有文化的人，深知迷信误人，根本没有将邻居们的那些话放在心上，反而说等到开花了，要办个赏花宴，请大家吃饭，毕竟这一人高的仙人掌又能开这么多的花，实在也很难见到。

长工小张暗暗地提醒我妈，老家的老人们也有这种说法，如果实在是心疼这棵仙人掌，不舍得将它铲了，拿把

---

[1] 我妈出生于20世纪60年代，这个说法大概产生于20世纪70年代，当年的这条政策不知道因何而来，几经询问之下知道的人还挺多，甚至说长得难看的也不允许参加考试上大学，但没有真正能拿出手的资料。

剪刀把所有的花苞都剪了也可以。

我妈当时没应声，过了会儿吃饭的时候在饭桌上向大家说："谁也不许动那棵仙人掌，我就是要它开花，我还要看它结不结果呢！有花肯定有果，这次就让你们长长见识。"

仙人掌的果实，那更是谁也没见过的呀！

强花与小张

院子很大，有三百平方米，院子里还长着两棵老榆树，到四月的时候，我妈就会让长工小张爬上树，用刀把一些结了浓密青嫩榆钱的枝丫砍下来，当枝丫落在砖地上的那一刻，真的很令人兴奋。

我妈会派我去把邻居们都叫来，一起摘榆钱，那是很热闹的，大家都搬个小椅子围着榆钱枝丫坐着，手里拿着小盆子，将榆钱摘到盒子里，边摘边聊天，东家长西家短：谁谁谁的女儿谈恋爱了，小伙子是养蜂的；又谁谁谁的媳妇被公公"爬灰"了；又谁谁谁夫妻吵架了……气氛非常热烈。

我妈多数时候是当倾听者，可她并不是配角，虽然我妈的家庭条件不大好，酒鬼又不太管家里的事，可是邻居们还是带着几分尊重来看她,甚至会讨好她。她是那个圈子里的主要人物,对很多人很多事都产生了一定的影响。

这大概是因为只有我妈在四月的时候会让人砍榆树枝丫,把大家聚在一起摘榆钱;也只有她会每年抽出几天的时间给大家做臊子面,请大家来吃饭;也只有她每年养两头猪,五月端午杀一头,十一月半再杀一头;也只有她会养出那么大棵的仙人掌,还要举办什么赏花宴。

我们这些孩子,着紧的无非就是嘴头子上的,这些活动都意味着有好吃的,特别是摘榆钱的时候,那简直是太美好的时光。

我们会边摘边把大把的榆钱直接塞进嘴里大嚼,满嘴的清甜!

一般情况下,下午夕阳落下之前,就能吃到香喷喷的榆钱饭。榆钱饭是由面粉与榆钱混在一起,上笼屉蒸熟,然后再用植物油或猪油加大葱炒香,那深青绿的颜色和特殊的口感,实在令人不喜欢都不行。就算是过了很多年,我仍会留恋这种味道。况且十岁那年,摘完榆钱,又过了几天就到了赏花宴。

这宴会的名字文绉绉的,实际上现场却粗犷极了。

五月的阳光不是特别烈,清晨也完全没有了春寒料峭的寒意,五月的清晨最美。通常到了五月,我会比平常提早一小时起床,在清扫完所有的房间后,擦完桌子刷完牙洗完脸后，就会偷溜着爬到院子外面的茅草垛上，那可是比房顶都要高的地方，站在草垛上面，几乎多半个村子的景象映入眼帘。

我对村子里的房屋没有什么兴趣，就是想让晨风吹吹我的脸，把一脑子迷迷瞪瞪的莫合烟吹走。

酒鬼的莫合烟常常让我觉得迷糊，那烟仿佛进入了大脑般，让人困顿，等这风吹走了脑子里的莫合烟，就会觉得世界上只余耀眼的阳光和清风，实在是难得的清醒。

我就是在茅草垛上，发现了我妈和长工小张的恋情。

远远的天山（昆仑山脉）上，可以看到终年不化的白雪，白雪间有一块大青石总是那样的突出，青石上似乎落了一只苍鹰，昼夜都以振翅欲飞的状态俯瞰大地。那时候我真的以为那只是一块石头，石头上真的有一只苍鹰，只是好奇，为什么那只苍鹰一直都在，从来没离开，它不去寻找自己的猎物吗？

再大一些时，就明白天山有多高，离我又有多远，我看到的青石，很可能是一座耸立千年的山峰，那只苍鹰是这座山峰上岁月琢成的浮雕而已。

即使如此，我还是忍不住去研究那块青石、那只苍鹰，它们虽然不知道，然而我却觉得它们那样静默地伴随我长大，如同我每日静默地去注视它们一样，它们也注视着我。

它们使我不那么孤独……

那天，我又注视了它们一会儿，目光很自然地移到附近的地方，然后看到了菜园子里的我妈和长工小张。

起初我只是淡淡地看了一眼而已，我喜欢菜园子里的一切，那青葱的颜色和植物的香气，各类植物都会在特定的时节给我特别的惊喜，比如忽然哪天，会发现西红柿红了，悄悄地摘来，狠狠地咬上一口，那又酸又甜的汁液，溢满口腔；又比如，草莓成熟的时候，在叶子间翻找的乐趣……

特别是红薯和大豆，实在让人难忘。

红薯我们会从收获时节一直吃到过年的时候，仍然吃不完，然后在大年三十的夜晚，我妈会在院子里用一些废旧的棉花秸秆等点燃篝火，我们这些孩子会把炮仗扔在火堆里，炸得砰砰响，我妈就会在火堆底下扔十几个红薯，等到大年三十的钟声敲过，火堆里的火也差不多下去了，大家各自玩乐或者睡觉，第二天清晨把焐熟的红薯从火堆里扒出来的时候，还热得烫手，那香味似乎能充溢接下来的一整年。

我妈收获大豆的方法与众不同，不会等到大豆完全成熟，而是在它们饱满到将熟未熟、豆子青涩尚未转为橙黄色的时候，就让长工小张把大豆秧从根处全部割下来，抱到院子里，我妈坐着板凳，背靠在老榆树的树干上，将秧上的豆角摘下来，下午就把这些豆角用一个很大的铁锅不放任何调料地煮熟，我们一人端上一盆子，在院子里找到自己认为最舒服的位置，慢慢地剥豆吃。

我通常也会端着盆子，爬上最高的茅草垛，边吃边看路上的牛车、行人，或者天边的云彩……

煮大豆吃，一年就这么一次啊。这么一次需要付出几个月种植的辛苦，连根秧割掉，并且不会等它完全成熟干燥，这样的话就不是去营利卖钱了。

可向来把钱看得很重要的我妈，似乎觉得这根本就不是问题。凡是享受过每年这样一天的日子的人，也都会觉得不是问题，这是千金也难买的感觉。

小张事实上在我家连续当了两年的长工，头一年是老甫派他来的，第二年是他自个儿要留下，冬天甚至没有回老家，一直住在我家里。我一直觉得他是舍不得这样肆意快乐的日子，但大家都说他是因为感情，他和我妈之间的感情似乎已经是众所周知的事，我一直都不肯相信。

可能是因为我一直以为我妈是属于老甫的。

有一次我放学回家，放下书包后拿着得了一百分的试卷，一溜烟地冲进与佣人的房间相邻的大厨房，看到老甫正在给我妈按摩肩膀，锅里煮着玉米和甜菜叶，这是给猪弄食呢。

我冲进去太猛，再退出来也来不及。我妈的神情有些尴尬扭捏，而老甫还是笑得很自然，温文尔雅地说："你放学了？看来考了高分。"

我点点头，把试卷给我妈。我妈看了一眼，脸上微微带了喜色，去放鸡蛋的篓里抓两只鸡蛋扔在煮猪食的锅里，等猪食彻底煮好的时候鸡蛋也熟了，就捞出来用凉水冲冲，然后放在我的手里，特意指明我今天可以吃"独食"，不必与别人分享，因为这是考了高分后给的奖励。

我就知道是这样，每次考高分我妈都会奖励我两个熟鸡蛋。平时得到这样的奖励总是很兴奋，可那天我却总是想着老甫给我妈按摩肩膀的情景。

我已经不再是三岁的孩子，通过那台黑白电视机和平时大人们聊天时讲的荤段子，蒙眬了解了男女间的情事。当然那是当时的感觉，现在我已经明白，天下间最易懂的莫过于男女情事，最难懂的却也是此事。

之后，我总是有意无意地去观察老甫，而且觉得他教我画画，给我和弟弟买贴了五角星的皮带和鞋子，也带了特别的意义。

老甫一年中只不过到家里四五次而已，每次来也只是一天的时间，他说是来看自己的好兄弟，我却认为他是来看我妈的。

老甫年龄比我妈大，手底下又带着一大票兄弟，脾气好，又懂得与人喝酒聊天，风度翩翩，其实我觉得他比酒鬼强多了，如果有一天我妈想要跟了老甫离开酒鬼，我也没有什么大的意见，我甚至已经做好了叫他爸爸的准备。

可能就是这先入为主的原因，在看到长工小张忽然从后面紧紧地搂住我妈的时候，我才觉得震惊和愤怒，那愤怒甚至是压抑不住的。

我看到我妈似乎挣扎了一下，然而长工小张却死抱着不放，之后我妈转过身来，看着小张，小张大胆地吻上我妈的唇。

我妈没有反抗，与小张吻了一会儿，小张才激动地停了下来。他又向我妈说了些什么，那感觉让我觉得很低贱。

之后小张喜滋滋地提了半筐青菜先出了菜园子。

我妈在小张转身的刹那，狠狠地抹了下自己的嘴，等到小张出了菜园子，她扭头"呸呸呸"了几声，非常不屑。这让我更加讨厌小张，觉得他吻我妈就是强吻，我妈根本就没有同意。

我对小张态度的转变，没有影响任何人，甚至小张也觉得我那段日子在学校肯定受欺负了，回到家又没出气筒，于是他充当了我的出气筒。

事实上我也没有把他当成出气筒，不过就是在玩牌的时候把他摒绝在外，如果他实在想玩，我就会退出。这样的争夺我又总是输，左不过一个小丫头片子，爱玩不玩，大人们也不会当真。

而且在家里，我也实在是没有什么地位，我妈特别疼爱她的儿子，也就是我的弟弟，她不喜欢和酒鬼一桌吃饭，吃饭的时候酒鬼会与我们在大桌上吃，而我妈就带了弟弟在小桌上吃，我很想尝尝她那边的菜，有一次大着胆子也去了小桌，被她很嫌弃地又赶回了大桌。

我也没觉得怎么伤心，默默地回到了大桌，和小张、酒鬼他们一起吃饭，结果有一次，酒鬼忽然从口袋里掏出一个很硬的五仁月饼给峰儿时，我忽然觉得伤心了。

酒鬼肯定是酒喝太多了，喝傻了，他以为偷偷地给他的儿子峰儿月饼时谁都没看见，却没想到我和我妈都看见了。我妈马上就想到这月饼肯定是八月十五时被酒鬼藏起来的，就是为了给峰儿吃，马上大骂起来，说酒鬼偏心眼，就知道对自己的儿子好。

酒鬼和峰儿倒没什么，反正被我妈骂已经是家常便饭了，反而是我，莫名地哭了一鼻子，等我妈发现我哭的时候，露出很不耐烦的样子，不明白我这么大人了无缘无故哭的原因。

我当时的念头很简单，我是个爹不亲、娘不爱的人。锋儿有酒鬼给他藏月饼，弟弟有我妈给他藏月饼，唯有我什么都没有，甚至还不如那棵仙人掌能引起我妈的注目！谁叫我是丫头片子，如果是个儿子，待遇也许能好一点儿。

我和长工小张的矛盾越来越多，发展到最后我喜欢跟他捣乱，不管他做什么我都喜欢插一杠子，然后使他做得不那么好。不过好不好的，这个标准也不是由我来定，况且长工做的也都是家里最糙的活，出了一点儿漏子根本也看不出来。

在这样的情况下，很快就到了赏花宴。

我和小张的斗争

那棵仙人掌，早在两三天前就已经全开了花。比人还高的一棵粗壮的仙人掌上，黄色的重叠几层的花瓣，粉黄的蕊和碗状的花形，一朵朵如同美玉落于碧青之上，实在是美不胜收。

村子里的花也不少，不说刻意养在窗台上的花，就算是田间地头，也有诸如牵牛花、打碗碗花和蝴蝶紫、野兰花等，也都有着独特的美。

但是没有哪个品种的花，如仙人掌花开尽时带给大家这么震撼的美。

清晨朝露中，它仿若一位特立独行、风骨如冰玉的绝代佳人，又像是天上的仙子落于凡间，引人惊叹。本来认为仙人掌开花很不吉利的人们，都围着花啧啧有声。

有人想伸手去摸摸那花是真是假，还有人去拽仙人掌上的刺，都被我妈很严厉地喝止，就算她的态度多么骄傲，语气多么盛气凌人，也不会有人怪她，反而还要巴巴地赔笑，谁叫吃人的嘴短呢？

赏花宴，除了赏花，当然还有宴。

我妈做饭的手艺可是方圆十里都出了名的，她在菜园子里辟出三分地，种了玉米和甜菜，然后用这玉米和甜菜来喂养鹅、猪、鸡、牛和羊，光鸡就有五六十只，到了鸡抱窝又养出许多小鸡仔时，已经长大的鸡就可以杀了吃掉，有多余的还可以提到街上去卖，神奇的是她养出的大白鹅很像牧羊犬，下午当我们把鸡都赶到鸡圈里的时候，它们会守在圈门口看鸡，如果有贼去偷，它们就会大叫。

鹅的鸣叫声，绝对比狗更有穿透力。所以，我妈没养狗。

这些大白鹅还能替自家的鸡打架。我亲眼见到一回，家里的火红大公鸡与邻居家的麻花大公鸡对啄打架，火红大公鸡本来有落败的趋势，就在最关键的时候，一直在旁观战的大白鹅，猛地冲上去，用坚硬的嘴巴狠狠地叼住麻花大公鸡的脖子狠甩，差点儿就要了那只公鸡的命。

而在赏花宴上准备的菜，其实是猪下水。

当天，就把那只养了近一年的猪杀了，称了下，有八十几千克，一只黑色的短唇猪，我妈借着赏花宴卖猪肉，每千克十六块钱。

当时的肉价，大多数时候猪肉是每千克十块钱左右，但在反季杀猪，而且是自家用玉米养的猪，价格才能这样高，使闻声而来的邻居们都抢疯了。

从过年时节到现在的五月，断了鲜肉可有两三个月了，我妈于是限购，每家买不能超过一千五百克。满院子的血腥味，让这场赏花宴多了几分大俗，少了几分文雅。

早上九点杀的猪，中午十二点猪肉就已经卖完了，大半盆新鲜猪血也已经混上了猪油和葱花等拌得很香了，面也都发好，在笼屉里摊开成饼状，把搅拌好的猪血倒在里面平铺，三层大笼屉都弄得满满的，然后大火蒸猪血馍馍。

平时与我妈关系比较好的几个小媳妇，则帮忙收拾猪大肠和猪的心、肝、脾、肺、肾，这些东西全都不会浪费，连猪尿泡都是有用的，通常情况下杀了猪后，猪尿泡会用给自行车打气的气管子往里面充气，直充到猪尿泡透明，像世界上最结实的气球时才停下，把充气的地方挽起来，给孩子拍来拍去当气球玩。

过两天在阳光的暴晒下，猪尿泡气球变得干燥而薄，这时候收起来放在阴凉的房子里，冬天的时候在里面放上蜡烛，就会变成猪尿泡灯笼。

这一年，我那九岁的弟弟，随着渐渐长大，不但没有改掉尿床的毛病，反而有变本加厉的趋势，我妈听到一个偏方，就照着偏方上所说，将那只猪尿泡用明火烧熟，然后让他躲在屋门后面把整个尿泡都吃了下去。

猪尿泡挑在棍子上，我站在火前翻滚着棍子，闻到肉烤熟的味道，竟然有点香。猪尿泡烤熟后就没有那么大了，缩在一起像一截黑色的蛇，当弟弟躲在门外吃这只猪尿泡的时候，我竟然也很想尝尝。

弟弟很淡定地吃完猪尿泡，始终也不说那是什么味道，比较神奇的是，从那以后，他果真就再也没有尿过床，所以我猜测猪尿泡的味道可能让人无法忍受，很差劲，才能迫使弟弟改掉尿床的毛病。

到下午四点多的时候，那棵仙人掌已经完全被大家抛在脑后。

猪血馍馍已经蒸熟，散发着沉厚浓郁的香味，爆炒猪大肠、猪心、猪肺、猪腰子都出了锅，一一被摆在桌子上，不用平时用的盘子盛，而是搪瓷盆，这些菜在一个个盆子里散发着诱人的味道，于是大家笑呵呵地往桌边挤，没有什么好客气的，抓了筷子就吃。

桌子的位置不够，就自己拿了筷子站在桌边吃，把胳膊伸得长长的夹菜，有时候就会有菜的油汤和肠子菜渣什么的掉在坐着的那人的头上、身上，那人也浑不在意，继续该吃吃、该喝喝。

可能从小就觉得这样子的吃法真的很香，所以养成了厚口味，到现在仍然觉得爆炒肥肠其实是道很不错的下酒菜。

它们是肉，又不是肉，有着植物和肉都没有的浓郁独特的香味，在他们吃喝聊天的时候，有人赞我妈的肥肠炒得特好。

还说那一年的冬天，村主任的爸爸去世，丧礼办得很大，全村人都到场追悼，一个没防着，原本已经断气两三天的老人，忽然从床上坐了起来，双目无神地盯着大家，直看得人身上起了层鸡皮疙瘩。

有胆小的女人，就哭天喊地地跑出了院子，有些胆大的就问老人，是不是还有什么放不下，只要说出来，一定要办到。

结果老人就瓮声瓮气地说着要吃炒肥肠，不再吃一次炒肥肠闭不上眼。

就有人手脚麻利地炒了盘肥肠端给老人，老人就着肥肠，慢慢地喝着热粥，直到盘子、碗见了底，才把筷子往炕下一扔，说了句"行了，我走了"，接着就躺倒在炕上，眼睛果然已经闭起来，再不闻任何声息。

不知道这故事是真的假的，总之那时候，我觉得吃一盘肥肠才去死，是很正常的事，因为肥肠真的太香了。

所有人都吃得满嘴流油，忙了整整半天的我妈，却并不往桌子前凑，拿上块猪血馍馍，端上盘小咸菜，搬个小椅子坐在老榆树下，慢慢地吃着。无论何时，她吃东西的姿势都是优雅而缓慢的，遗世独立的，当她的目光偶尔扫到桌子上的时候,就会有人喊:"来,来,来喝酒!"

我妈的酒量一般,这时候酒鬼有了发挥的余地,吆五喝六地划着拳,不喝到太阳落山,不倒下一大半人是不会结束的。

到这时候,我妈全没了白天的人情味儿,会叫人把这些喝醉的人全都送回各自的家,有那赖在床上不走的,她毫不留情地叫小张扛到院子里扔下,再过会儿自有他们的家人过来再扛回去,至晚上十一点左右,所有的人都走光了。

我妈安排我和峰儿还有小张连夜做大扫除,务必要把院子里的腥气全部都扫完,桌子擦干净,所有的碗和盆都洗干净收进柜子里。

至深夜时分,只有一颗大大的猪头,面朝天煮在大铁锅内。

肉香在暗夜里弥漫,却已经是无人打扰的寂静了。

仙人掌的花开了很久才败,不知道为什么,到底还是没有结果实。我妈那段时间总盯着那花看,一次我从中屋里出来,看到她站在那里自言自语道:"为什么这世上还有光开花不结果的植物呢?为什么呢?"

我总觉得,她的苦恼不是来自这个问题,而是与长工小张有关。

我和小张的矛盾也趋于白热化。表姐秋艳是二舅家的女儿，可能是因为她们比我大几岁，小时候我总是跟在她们的屁股后面，而这个秋艳姐更是我心目中比较好的姐姐，夏天住在她家的时候，天气太热，她半夜爬起来用一本旧书给我扇凉。

暑假的时候，她来我家玩，我把她带到我的秘密基地——那高大的茅草垛上，可她爬了几下就说爬不上去。

我特别不理解，觉得这么简单的事，唯一的理由就是她不想爬到茅草垛上和我玩，想到高处的视野和清风，我觉得可惜，但又不能勉强她，只好溜下来和她一起坐在茅草堆下聊天。

已经不记得都聊了些什么，后来是她先离开了，而我还不想回到房间里去，又觉得这一刻难得安静，茅草被晒干的味道也实在好闻，我就继续窝在茅草垛里，闭着眼睛想着午觉就在这里睡算了。

忽然有一大盆水兜头浇来，虽然被茅草挡了一下，水还是将我的头发浇湿，有些流进了脖子，衣服也染上了许多的水印子。

我震惊地爬起来，才发现长工小张笑着站在我面前，嘴里连声地说着对不起，没看到这儿有人，脸上可没有一点儿歉意。我知道他是故意的，倒水还能冲着茅草垛倒？明显是因为这段时间我故意找他的事，他也故意来报复我。想着我向来内向的性子，是绝不可能在家里有客人的时候发作的。

不过这次他猜错了,我没与他争辩一句,只哭着跑回房间,看到秋艳表姐,就扑到她的怀里大声哭,告诉她长工小张欺负我,倒我满身水。

秋艳姐向来是护着我的,她又是最泼辣最厉害的,一定会给我报仇。

长工小张也有些慌张地跑进来,坐在我旁边的位置上,说自己真不是故意的。这时候的他倒装得真的是很歉疚的样子,又向我妈看去,多数情况下我妈就会说我。

但她那天还没来得及说话,秋艳姐就顺手从针线篓里抓了把纳鞋底的锥子,闷声不响地一下将那锥子扎进小张的膝盖。

之后小张直接从我旁边滚到地上,双手抱着膝盖,在地上滚来滚去,尖声惨叫……

因为是秋艳姐扎的,我妈总不能去找她的麻烦,去村会计那里拿回些云南白药,给了小张,又说伤好之前不用做事,只需要好好休息。

这事也就这样了,隔了几天秋艳姐就回家去了。本来死躺在床上的小张起来了,虽然腿还是一瘸一拐,可到底也不能在家里白吃不干活,还是硬撑着做原本分配给他的活计。

他的腿瘸了好几个月,直到秋天,才完全好了,不过阴天下雨的时候，还是会觉得膝盖痛。

小张的腿伤了，老甫知道后，特意来慰问了一次。不知道小张是怎么说的，最后反而引来老甫一顿教训，低着头万分委屈的样子。

每次老甫来做客，我妈必定是杀鸡宰鹅，既然家里有肉有酒，酒鬼也就不去外面了，不过他只是自斟自饮，仿佛根本看不到老甫。

自从看到老甫给我妈按摩，我妈脸上那种放松满足的神情，总是在我眼前萦绕，我想，或许可以有更美好的日子。

有一次，听到我妈与邻居阿姨聊天，向来坚强的她用一种虚弱的语气说，和酒鬼过不下去了，迟早是要离婚的，只是单方面离婚很困难，还要上法庭，想起来实在头痛……

邻居阿姨竟然也赞成，说酒鬼太不争气了，虽然舍不得我妈，看到我妈如此受折磨，非常心痛，也非常理解她的选择……

那么，我妈和酒鬼离婚后，会和谁在一起呢？答案似乎已经很明朗了。我去西红柿地里摘西红柿，要摘满一大筐，等老甫走的时候让他带着。老甫也溜达到菜园子里，用哄骗小孩子的温和语气问我最近的学习成绩。

我怔怔地望着他，他比酒鬼长得好看，人也干净……

不像酒鬼，每次喝醉后就躺在床上，然后把所有之前吃到肚子里的东西吐到床上，弄得满屋子里都有种比屎还臭的味道。酒鬼从来都没有问过我的学习成绩，甚至他可能已经不记得我长什么样子，他的眼里除了酒和肉，再无其他。

你会做我的爸爸吗

"你会做我的爸爸吗？"我很认真地问老甫。

他愣住了，然后露出和暖的笑容。虽然他没有回答，但我觉得那态度和笑容已经算是一种回答，他会做我将来的爸爸，所以我妈和酒鬼离婚是板上钉钉的事。

然而这些小小的波澜和暗涌，似乎并没有影响什么，这昏暗又肆意的日子还在继续，大家都在各自的位置上，老实本分地生活着。

自我问老甫是否会做我的爸爸时，他之后倒有很长一段日子都没有来过。不知道是不是我的问题使他有了压力。那时候，我甚至没有想过，老甫有没有妻子儿女，有没有自己的家庭。我什么都没有问，觉得一切是理所当然的简单。

夏日的中午，我妈喜欢坐在院中的老榆树下泡脚、修脚指甲。

她虽然生活在酒鬼的家庭里，而且为了这个家庭殚精竭虑，然而却像是从来就不属于这个家庭的一分子，她永远都那么干净、漂亮。在这个家庭里，包括我这个唯一的女孩，每天都生活得灰头土脸，我需要在放学后，往菜园子里挑猪粪当肥料，还要在菜地里除草，周六周日需要跟着小张和酒鬼去田地里劳作。

酒鬼是个自私小气又很苛刻的人，他没有办法管制我的弟弟，如果他要惹了我的弟弟，我妈肯定会和他拼命。但他很喜欢盯着我，他自个儿在田埂边抽烟、喝酒，目光却盯在我的身上，如果我稍微做得慢了，或者是因为疲累而稍微停留片刻就会迎来他的呵斥。

在田地里，长工小张反而会站在我这边，笑着向酒鬼说，她不过是个小孩子，能做这么快已经很厉害了。

酒鬼喝口酒，放下酒壶，从田埂上捡起一个土坷垃，狠狠地向小张扔来。小张灵巧地避开，哈哈大笑起来。

峰儿的任务是喂猪、生火、煮猪食和喂羊、饮牛等，反正是一应杂物都由他去做，比长工小张都要忙碌。他的头发常常都湿漉漉地粘在一起，脸上也都是汗水，时不时用衣袖擦擦脸上的汗水，我十一岁的时候他已经十六岁，他长成一个漂亮的男孩，可是几乎每天都在我妈的打骂中度过，并且永远不敢还手。

我也经常被我妈打,她是个完美主义者,无法忍受一些小事上的任何瑕疵。

那年的正午,不再是我一个人为了等鸡生蛋而不午睡,而是所有人似乎都不再午睡。我不再耐心地等母鸡生蛋,不但是因为酒鬼还在数鸡蛋,也因为那时候的冰棍已经吃不出味道,就算酒鬼没有看到我偷鸡蛋,但总能知道我们吃了冰棍,因此就会很生气地说我妈偷他的钱,两人为了几根冰棍甚至大打出手。

我妈对酒鬼毫不留情,长期的酒和肉已经掏空了他的身子,所以看起来处于弱势的我妈反而常常将酒鬼打伤。

可酒鬼是男人,一定要在这方面压过我妈,所以他们由从前的暗战转为激烈的明里打斗,并且越来越频繁。

小张自从被表姐扎了膝盖,对这个家庭似乎产生了惧怕,没事时就去菜园子里逛悠,摘些"红娘子"和"白娘子"[①]回来,塞到我的手里。

几次三番之后,我告诉他我喜欢吃"白娘子"。"红娘子"太苦涩,要等到秋霜打过后才会变得很甜,所以留着秋天吃。之后他送来的就只有"白娘子"了。

---

① 红娘子,又被称为红姑娘或者是挂金灯,一种形似灯笼的野果,成熟后火红。白娘子外形与红娘子相似,只是果实小一些,为青白色,现在网上似乎有了新名字,叫灯笼果。

除此之外，他跟家里的每个人都保持了距离，除了做事也并不多说什么。

峰儿

峰儿在那年开始学习骑自行车，我比他小五岁，可我在九岁的时候已经学会骑自行车，因为我胆子比较大，也不怕摔倒。

峰儿胆子太小，直到十六岁的那个夏天，才开始刻苦学习，每个中午都推着那辆凤凰牌自行车出去，在屋后的那条路上来来回回，上去又下来，下来又上去，然而总是不能完美地骑上去，也不能好好地把握方向，近两小时的练习后，满头大汗地回来。

我依旧爬到茅草堆上，看远处的天和云，看峰儿学自行车，看我妈坐在院子里泡脚、修脚指甲，看小张在菜园子里寻"白娘子"，看那可爱的弟弟和一群小孩子在前面的空地上疯跑玩游戏……

有时候我也能看到酒鬼在某条路上蹒跚而行，走走停停，仿佛正在嗅谁家有好酒好肉，有时候又随便寻个阴凉的地儿坐下，慢慢地卷着烟……

秋收过后，距离杀猪还有半个多月的时间。

因为长工小张要离开了,我妈还是决定给小张做顿饯行宴。

我妈的面活手艺很好,很地道。

她总是说起她的妈妈和爸爸,他们是地道的山西人,家里传下来的,就是臊子面做得特别好。其实我挺害怕做臊子面的,但我喜欢秋天的时候去烧臊子灰,那是一种长得很高大叶面饱满的植物,土语就叫"蒿子",一大群人到了野地里,将蒿子割来集中一处,搭在挖好的坑洞上面,在坑洞的下方铺上锡纸或者是布,点燃这些碧绿的蒿子。

我已经读过"大漠孤烟直,长河落日圆"这样的诗句,却觉得即便是这样的句子,也无法形容出烧臊子灰时的美。

烧臊子灰都是在有些潮湿湿润的日子,据说这样的时候,才能烧出极品的臊子灰,无垠的旷野上,远处烟雾蒙蒙,因为已是深秋,处处荒草萋萋,却又还没有完全衰败,那老道的深绿色和军装般的黄绿色依旧是深秋的主色调,一团烟雾腾空而起,渐渐淡于天际,火焰在湿气中挣扎,孩子们围着火焰大喊大叫……

仿佛这已经是全世界,我们已经到了天边。

我的身子下铺着曾经装着化肥的空塑料袋,趴在地上捧着头,仔细地看坑洞下方,植物被火灼出了油,一滴一滴地落下来，深绿色，有些透明。这一点点的蒿子油凝在一起，不等植物完全变成灰烬，它们就被拉了出来，放置在离火较远的地方，随着温度降低，变成了一块块散发着绿色和灰色银光的固体物质。

它们在阳光下特别好看。据我妈说，上好的臊子灰是青绿色的，而她到现在还保存着一些这样的臊子灰，放在阳光下，可以看出那臊子灰散发着五彩的光芒，由绿色而延伸出来的诸多色调。

臊子灰是臊子面里不可或缺的东西，加了臊子灰的面叫灰面（臊子面），当然，现在基本已经吃不到加了臊子灰的臊子面了。

和臊子面也是一门学问，先把臊子灰切下一块来，再弄成碎末，泡在水里，然后用这个水加适量盐和成面团，这面团要不硬不软刚刚好。弄好臊子面后，用很长的擀面杖将面擀成薄薄的饼状，再把饼合起来，切成细长的条。

说起来简单，做起来难，每个环节都需要精准的把握。要不然为什么周围的邻居们都会做臊子面，却唯独我妈做的是绝味呢？

到了这时候，就要由我来帮忙了。

这也是我喜欢吃臊子面却不喜欢做的原因。我要站在椅子上，将擀面杖横着高高地举起，擀面杖上挂着切好的臊子面，我妈会把这些面再次抻长，她的手指穿过那些细顺而长的面条，就好像穿过谁的发丝，温柔深情。

我喜欢这样的我妈，虽然她似乎从来没有用这种态度对待过我。

不过，这可真不是个简单的活，举着擀面杖已经很辛苦，况且上面还挂着差不多三四斤的面条。我的汗水顺着脸颊淌下来，胳膊的肌肉开始麻木疼痛，可我必须坚强，如果面掉在地上，那我就是万死也难辞其咎了。

一般来说，要想做够很多人吃的面，得两三天的时间。之前做好的面可以放置在阴凉的房间里挂起来，吃的时候绝对还是与鲜面的味道一样，甚至要更筋道。

反复如此这样，家里已经积累了足够的灰面。

第四天开始熬臊子，臊子其实就是臊子汤，只是说的时候通常都会省去那个"汤"字，不知道是为什么。对于我来说，熬臊子也是一门复杂的手艺，首先要选取肥瘦相间的羊脊肉，切成丁，放入热油中，加调料炒香，之后是同样切成细丁的黄萝卜、青萝卜、土豆、蘑菇、干豇豆等应时菜蔬，黄绿相间，要把每种细丁都熬出香味，再放上热水。

一般来说，在加水之前，那香味就已经飘出院落，就算走在与房屋不相邻的另一条路上，也能闻到臊子的香味。

熬好后，将火调低，使汤一直滚烫却又不至于沸腾，将下好的灰面过水捞在碗里，用大勺子将臊子汤舀在碗里再倒回锅里,如此三次,汤已经将面灼得热腾腾,汤的浓香与面合成整体,面上还铺着层诱人的细丁,第四次再舀勺汤在碗里,这次的汤不会倒回锅里,一碗臊子面也成功了。

早有准备好的香菜和细葱花,可以根据自己的口味加香菜或者是细葱花在碗里。按照邻居大叔的说法,吃我妈做的臊子面,要特别小心翼翼,因为弄不好会香得把舌头一起吃下去。

在深秋的十一月,我妈的院子里热气蒸腾,浓香饭味引人食欲。

小张的饯行宴上,他哭了,还有邻居家的阿姨哭了,我妈也不劝他们,直接拿出在街上打的头酒,放在桌上,又去切了两盘小咸菜,就这样就着臊子面和咸菜,开始喝酒。那天小张喝了很多酒,喝得醉倒在桌下,泪水却一直没有止住,当大家把他从桌下捞出来的时候,他哭着向我妈的方向说:"我知道这是我最好的日子,以后再也过不上这样的好日子了。"

小张的哭声,更引得邻居几个阿姨都眼睛红红的,邻居大叔们则神情未明,最后只是捏着酒鬼不停地灌酒,有人狠狠地骂:"酒鬼,你不是好喝酒吗!今天就让你喝个够!喝死算了!你他妈的就没有资格过这样的日子!你怎么不喝死去!丢死了我们男人的脸!你就是头没有脑子的猪！"

那时候，几乎所有的人都意识到我妈会离开酒鬼了，可是酒鬼自己却没有意识到，还有一个后知后觉的人就是我。

小张吃完了臊子面，喝完了头酒，第二天就要出发回家了。他来的时候几乎什么都没带，走的时候背着个小包，包里有我妈给他做的一双千层底鞋，还有些我妈用秘制方法腌制的鹅蛋，还有两玻璃瓶子的自制酱萝卜。

他像抱着宝贝似的，将那些东西紧紧地抱在怀里，眼睛始终红红的，一步三回头，很缓慢地往门外走着。

他进入我们的世界生活了两年，我从来没有觉得他是个好人，甚至一度很讨厌他，但是眼见着他走出门外，我反而是第一个忍不住追上去的人。

我心里有浓浓的不舍，可是却始终说不出来，只是跑到小张的身边和他一起走，他初时像是没有发现我，还是不断地回头看着我妈他们，直到拐了弯，我回头只看到院子前面的电线杆，小张用袖子抹了把脸上的泪，冲我笑道："回去吧。"

我冲着他笑笑，一直将他送到了村口。

他见我似乎还要往前送的样子，就停下了脚步，嘱咐我："回去吧，要听你妈的话，别总让她操心，你长大了，就会明白她有多难。"

我问:"你什么时候回来?"

他笑着捏了下我的鼻子,说:"不回来了。别想我。"

库尔班

小张走了,家里没有因他的离去而变得平静,还是那样热闹。老甫没有回老家,他还在这附近,可是却没有再到我家来。

我妈似乎也没有时间想更多的事,她总是被嘈杂围绕着,当时流行打一种牌,叫作"双扣",和麻将一样,可以四人开一桌,我家常开两桌,周围还有观战的。

当时朴实的生活中,还没有赌钱的习惯,只是输的一方由新的人替换。这样一来,观战的人也可以随时上桌打牌,打牌期间当然夹杂着各种搞笑或让人讶异的八卦消息。

冬天,总有其残酷的一面。峰儿每天必须提前一个多小时起床,把家里所有的炉子都燃着,这可不是一件简单的事,必须要有足够的耐心和技术。峰儿从十二岁开始,就因为燃炉子而挨过不少打,因为他是酒鬼的儿子,而且总是把尿撒在大腿上,冬天的时候尿在腿上结了冰,大家都说他的脑子有问题。

大家都说他是个可怜的孩子,可我妈对他没有半丝怜惜。

已经十一岁的我，被安排在最外面的房间里睡觉，无论是谁起床，只要比我起得早一点儿，就能看到躺在床上的我，而最先要燃着的炉子，就在这个房间里。

所以每天阿峰起床的时候，我也早早起来了。

这个时刻房间是很冷的，况且燃炉子的时候会有很多烟灰冒出来，我走出房间，深深吸一口清晨的空气。

随着阿峰将炉子燃着，其他人也都慢慢爬起来了。

一天，就这样开始了。

因为学校离得比较远，等我们吃了早饭去上学的时候，天空刚刚泛起鱼肚白，路上很安静，晨雾将所有的东西都罩在其中，影影绰绰，从小就胆子小的我，不敢离开峰儿，还很娇气地让他必须牵着我的手，否则就扯住他的胳膊不许他往前走。

我对峰儿有种与别人不同的依赖感，每次我妈打他的时候，我都会有点儿恨我妈。这点儿恨意使我的思想和作为不知不觉地完全与我妈相反，并且发展到偏执的地步，我妈喜欢打扮，喜欢梳头，而我则羞于打扮，甚至觉得打扮是件很耻辱的事，结果导致后来我的脸上长了痘的时候拒绝治疗，因此差点儿毁了容。

每次想到我妈穿着裙子，靠在树下修脚指甲引得某些男人在大门口探头探脑往院中觊觎的时候，我就暗暗发誓，绝不做她这样的女人，我要做个汉子。

后来，我就真的变成了汉子。

我和我妈的感情一直都很纠结。直到我妈意识到我可能不那么爱她的时候，她对我也产生了厌恶的情感。这种厌恶持续至今，就算现在她强颜欢笑，小心翼翼地陪我说话，依旧不能掩饰那种厌恶。

其实，我不止一次地告诉她，她是我生命里最重要的人，是我见过的最厉害、最漂亮的女人。

她不会信的，因为我那么张扬地发展成与她完全相反、令她最讨厌的那种类型的人。

还记得那时候，我偷了我妈的巧克力饼干和峰儿一起吃，我妈知道后很有些悲伤地说："你不是应该把饼干和弟弟一起分享吗？为什么是峰儿？其实你不必偷，这饼干就是给你吃的。"

可是有一次，抽屉里放着只桃子，我知道那是我妈留给谁的，否则不会放在抽屉里，我犹豫了下，还是将那只桃子拿出来，慢慢地咬了一口，接着又咬了一口，终于一发不可收拾，将那只又肥又大的桃子给吃完了。

我妈进来的时候，我就坐在桌子前，拿着桃核在手里玩。我妈目光凌厉，拉开抽屉向里面看了眼，二话不说拿起刷鞋的刷子，用刷柄对着我的脸狠狠地抽了数下，我只觉得满嘴腥气。以前她打我，我总是逃跑，她因为腿的原因追不上我,我在外面玩上一阵子再回来,她的气也消了,我因此能逃掉一些打骂。

然而这次我却没有逃,只是瞪着一双愤怒的眼睛,对她大吼:"你是个骗子!"

我就是这样,明明知道自己多余,偏偏要一次次地触到她的底线,试探着那爱到底是否真的存在。

冬天的早饭,常常是油茶、咸菜、馍馍。油茶是在第一场雪后就可以开始制作的食物。

把羊的脂肪放在锅里熬成油,再把早就炒黄的干面粉和羊油混合在一起翻炒,其中掺了青翠的葱花和盐,配比合适,将它们炒熟后放在一个个的碗里,用锅铲将每只碗都装得很瓷实而且满满地突出半圆,弄好后将它们放在凉房子里,凝固成型,三天之后,将它们从碗里抠出来,就成了一个个圆形的油茶团,将它们放在筐子里。一冬天的早茶,就靠它们了。每天用刀砍成碎块,放在沸腾的滚水里,只需要两三分钟,就可以开始吃早饭,人手一碗咖啡色浓香的油茶,配小咸菜和在炉子上烤得酥脆的馒头片,我认为再没有比这个更好吃的早茶了。

我因为偷吃桃了的事,一方面很悲伤,但嘴肿了那么久,更多的还是害怕吧。很久都不敢和我妈说话,除非她问我什么,否则绝不去她的面前调皮招摇。

十二月中旬连续下了两场大雪,快三十岁的表哥来我家玩，在已经被白雪覆盖的菜园子里下了套子，隔天抓到一只肥大的花兔子。

剥皮的时候，我妈叮嘱，一定要将兔皮保存完整，表哥听了，就小心翼翼地将兔皮从头到脚很完美地剥下来，兔肉当天就炖了吃了，表哥吃了兔肉心满意足，下午就离开了，说要去荒野里多打些兔子卖了钱过年。

我妈用那张兔皮给我做了只筒状手套，吊了两根细带子在脖子里，我去上学的时候把手藏到胸前的兔皮手套里，手上本来患有冻疮，有了这只手套后，冻疮也渐渐地好了，后来再也没有犯过。

这样的日子持续到新年过后的某天。

我清楚地记得那一天，向来很内向又不爱发脾气的我，特别暴躁。

早上起来后一切如常，喝完了油茶，洗了碗，这边没有什么特别的活动，也没有人来打牌，我妈一早就出去了，酒鬼也出去找酒喝了，弟弟出去玩了，家里就只有我和峰儿，我们做完了平时特定的任务，就异常悠闲地各自活动。

我照常拿了本书靠在沙发上，那本书已经看了好多遍，甚至哪一页写了什么内容我都能说出来，再也没有什么可研究的了，把书扔在沙发上，郁郁地盯着窗台上的海棠花发呆。

峰儿在码牌，他把牌当积木，将它们立起来，搭成各种各样的房子，那是他一个人的游戏，除了他，这个家里再没有人喜欢这样的游戏，他小心翼翼、极度认真地用那些牌建造高楼大厦，而这大厦禁不起哪怕一点点的动荡，甚至每往上面再码一张牌，都是闭着呼吸的。

平时对他的游戏我并不反感，甚至希望他能把那大厦建得越高越好，我也会放轻放慢呼吸，但是那天，我看这游戏怎么都不顺眼，他好不容易建到四层高的时候，我忽然拿了颗熟黄豆弹过去，弹中了其中一张牌，结果整个"大厦"就倾斜下来，完全毁了。

他愣了下，抬头望着我，很不开心的样子。

他是个有毅力和恒心的人，并没有就此放弃，大约半小时以后，他重新建造的大厦又有五层那么高了，他最高建过八层，每层层次分明，非常像卡通动画片里巫婆住的城堡。这次我没有用黄豆，而是很恶意地伸手扫倒整个大厦，桌子上一片狼藉，牌到处都是。

峰儿这次吃惊了，并且神情无奈。我从来也没有像今天这样为难过他，扫他的兴。

但是后来他又分别建了四层、五层的，最后一次甚至建了八层，再建一层就要打破之前的纪录，然而我就在他将要打破纪录的时候，再次将那些大厦破坏掉……

峰儿无奈，终于放弃了这个游戏。

那一天太平静了，平静得让我难以置信。中午的时候，我妈回来照常做了顿饭，是她最拿手的拉面，并且还多做了两个菜，酒鬼没有喝酒，到家吃了饭。可是饭后，他们又都各自出去了。

我站在院子里看那些无忧无虑的鸡和鹅，忽然想起了秋天的时候失踪的那三只小鹅。一只小公鹅领导两只小母鹅，它们不被大公鹅的领队接受，总是受欺负，甚至没有完全褪去淡黄色，在这个家里生活得很困难，可能是因为同情心，我对它们格外注意，有时候偷偷地给它们喂吃的，可它们还是失踪了。

肯定是被谁抓去吃了，也或许看着它们可爱，抓去养了。我多么希望是后面那种情况。

想着想着，心情越来越烦躁，回到房间里缠着峰儿玩"十点半"的游戏，可能是因为我早上推翻了他的扑克牌大厦，他死活不愿意陪我玩，只坐在椅子上看电视，电视上放着无聊的内容。

七点多的时候，住在前面的邻居，一个少数民族小伙子库尔班来我家串门，通常情况下我们会叫他的小名胡曼，他长得很英俊，眼睛很亮，这个人是发着光的，很迷人。他当时在镇上的某单位上班，有办公室人员那种温和的好脾气，气质也很好。

他很喜欢我妈这个朋友，有时候下班会直接从他家的院子里出来,通过我妈菜园子里的一个隐秘缺口进入园子中,拿起铲子替我妈除菜地里的草,或者是来浇水。蔬菜下来的时候,我妈会把菜送给他一些,多数情况下他都不要,因为他和他妈妈不喜欢吃菜,喜欢喝牛奶、吃馍。

看到他,我的眼睛一亮,拉着他玩斗地主,加上峰儿正好三个人。结果他跟峰儿一样,没兴趣和我玩。很奇怪,今天家里怎么会这样安静。

他因为要保持英俊的模样,衣服穿得比较单薄,就坐在薄砖制成的火墙旁,和峰儿一起看电视,对于我的无理取闹他微微地产生了厌恶感,反而拿一些令我生气的话来逗我。这样纠缠到九点多,他们还是不跟我玩。

我坐在沙发上,很没有形象地哭了出来。

胡曼很疑惑地看着我,可能觉得自己有点儿过分,便松了口,说:"如果你能让峰儿答应,我就陪你玩。"

我说:"不管峰儿,我们玩二人斗地主,或者是'开火车'①。"

他又摇摇头,说没意思。

他的拒绝让我的无名火终于压不住了,冲到他的身边猛地推他,他没想到我会推他,整个人往火墙上歪去,一头撞在火墙上,然后猛地捂住了头,看起来很疼。我愣了

---

① 一种二人牌的玩法。

下,害怕起来,要看看他有没有受伤,他却不让看,眼睛从捂着伤的手底下看过来,目光里满是责怪。

我讷讷地说不出话来,又不想示弱,就向他大吼:"谁叫你不跟我玩牌的,玩一会儿能死吗!平时不都是这么玩的吗!"

然后我跑到另一个房间躲起来,胡曼又坐了会儿,就走了。

我问峰儿胡曼受伤没,峰儿冷冰冰地说自己不知道。

那晚,我睡得特别不踏实,忽然想到,峰儿和胡曼之所以不跟我玩牌,是因为今天我妈不在,原来连玩牌这种游戏,也需要特定的环境特定的人群,如果我妈在,他们或许就会和我玩了。我忽然觉得我妈对我来说很重要,真的很重要,虽然我惧怕她,甚至有点儿恨她,但我离不开她。

所以第二天清晨,我妈带了弟弟来叫我去舅舅家的时候,我一点儿都没有犹豫,马上自动自发地穿了衣服,跟着我妈走出了院子。

强花的第三任丈夫

去舅舅家是很正常的事,我妈只要有时间就会去,平时都是带着弟弟,这次连我也带着了,我的心情却很抑郁。

出了门,回头看,只见屋顶上的烟囱里还在冒着淡灰色的烟,峰儿正在喂鸡和鹅,可能因为起来得太早,空气中有很浓的雾,路上没有见到一个行人。我们就在这样一个浓雾的天气,走出那个生活了五年多的小村子,到了大路上之后搭了辆公交车,将这个家及这个家里发生的一切,远远地甩在了身后。

那时候还不知道,我再也回不了那个家了。

二月下旬,我妈和酒鬼通过法院起诉离婚成功。

我在表哥的带领下去了新的学校报名,那时候我才知道我已经转学了,我妈借了五舅舅的旧房子暂居。到了这陌生的地方,还要防着那些流言蜚语,我们小心翼翼地生活着,再没有从前的热闹。那个春天雨格外的多。

空气、房间、道路、衣服、头发,甚至连一颗心,都是湿漉漉的。

后来,同时有几个陌生的男人托人来说亲,他们要娶我妈。

我妈已经经历过两次婚姻,逐渐小心谨慎起来。四月中旬的时候,终于等到了老甫,看到他我高兴极了,仿佛以前的日子离我们并不太远，似乎还能回到以前的日子。

那些日子对我来说，虽然不能算太好，却也已经是我生命中最好的日子了。我的整个童年似乎都在那里度过。

老甫拿了许多礼物到舅舅家，我见到他就觉得眼睛一热，听到那熟悉的语言，真是太开心了。

老甫说起酒鬼，说酒鬼在离婚后忽然疯了，白天照常到处找酒喝，可是现在人家都不大理会他，各种语言讥讽。就算开锅了，也并不请他上桌。这对于他似乎影响不大，照样厚着脸皮拿筷子吃饭。

只是到了晚上的时候，他就会发疯，躺在冰冷潮湿的大路上将自己弄得满身泥，又哭又叫，满脸泪痕，说自己再也没有老婆了……

有时候，他会一晚上横穿好几个村子，仿佛有用不完的力气。

闹了一个多月，他的大女儿得知了情况，回到家里照顾他，再后来就把他送去精神病院治疗，医生说可能要住院四五个月。

我听得有点儿愣怔，从来没有意识到，原来我妈在酒鬼的心中还是有分量的。只是两人打架的情景、他数鸡蛋的情景、在大家都赞我妈的饭做得好吃的时候他却总是百般挑剔的情景，以及他把好好的饭打翻的情景，一一闪现，历历在目。我早已把他定位成了一个类似于人但不具备人类感情的人。我原本以为他绝不会为了任何人的离开而难过。

而且他们早已经分居很多年了,似乎就从来没有在一起过。

这样的人,为什么竟然为了我妈的离去而疯了呢?

中午,老甫是在我舅舅家吃的饭。

下午的时候,我妈说有一个河南人,是住在镇里的,有自己的房子和地,生活比较稳定,想当你们的爸爸。还有老甫,老甫也想当你们的爸爸。你们会选谁?

弟弟听不懂似的,用懵懂的目光看着她;我却脱口而出:"我可不喜欢当'忙到'的女儿,我不要老甫!"

我不知道为什么我会说出这样的一句话,我明明更希望回到从前的生活,我心里更喜欢老甫能当我的爸爸。而且老甫是了解我妈的,了解我妈所有的美和精彩,以及坚强和热情。我也从来没有觉得当"忙到"的孩子丢脸,特别是当老甫的孩子,我觉得一定不会丢脸,但我为什么要说这样的话呢?直到现在我也不知道自己当时到底是什么样的心态。

或许是我以为,我妈可以创造另一段精彩的生活,就算完全摒弃过去;或许是我以为,我妈绝不会真的在乎我的意见。

然而我的那句话,却改变了我妈的选择,她没有嫁给老甫，而是选择了一个相对来说能带给我们更稳定的生活的男人，他完全不能理解她，不知道自己娶了个多么能干而有热情的女人，在他眼里，她只是带着两个孩子的、无家可归的可怜女人而已。

他从来也不知道，自己得到的这个女人，曾经那么耀眼过，让身旁的人为之羡慕和佩服；他从来也不知道，她心中也曾有过旖旎的爱情，甚至为此而大胆地重新选择自己的道路；他从来也不知道，她差点儿就和自己所爱的人在一起。

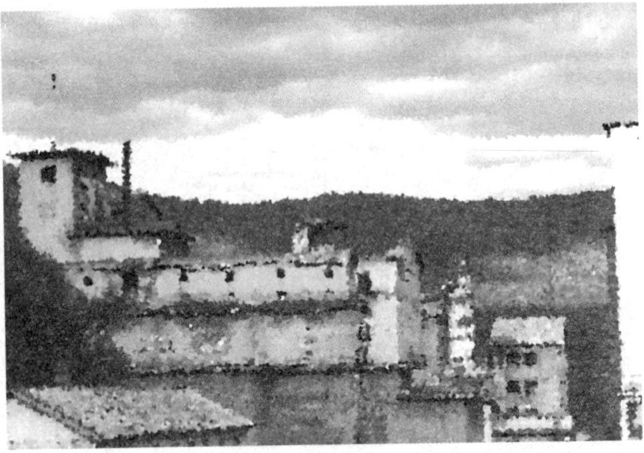

THREE

小镇

汽车旅馆老板娘的裹裙

20世纪90年代末,我随着母亲一起住在西北的一个小镇,那时候我在镇加油站工作过一段时间。为了响应当年的西部大开发号召,响应让一部分人先富起来的政策,原本闭塞朴素的小镇渐渐呈现出别样的面貌,小镇不再沉默,展现出一些异样的繁华。

贯穿整个地区的公路从小镇中穿过,成为小镇的主要街道,两边的店面以汽车旅馆和饭店为主,传说中,它们不约而同地多加了一种营生,我们不知道这是不是真的,总之由此延伸出了许多啼笑皆非的事。

比如有一天,我刚给一辆大卡车加过油,就看到一个中年男人沮丧地躲进站里来,从货柜里拿了包烟,等要拆开的时候我赶忙提醒道:"加油站是不许抽烟的。"

那人不耐烦地回了一句:"饭店还不让有特殊服务,还不是照样有?"

好在当天加油站另外一个男性工作人员也在,二话不说过去将那人狠狠地揍了两拳，厉声道："再说试试！你当着一个小女孩这样说，你还有人性吗！"

这时候，就有个穿着朴素脸色晒得黝黑的女人冲进站里："死鬼！你跑，你再跑！你再跑也没有办法不承认你去嫖的事实！你说吧，这日子还过不过了？"那女人说着冲到刚才买烟的男人面前，狠命地揪住他的耳朵，"你要说不过了，我们就一起撞死在这路上！"

边说边将男人往公路上扯，直到男人开口求饶为止，然后女人雄赳赳气昂昂地在前面走，男人很怂地跟在后面，这出闹剧就此结束。

我当时还不知道婚姻是什么，爱情是什么，只是觉得如果将来我的男人嫖娼被我抓到，那么我这辈子绝对不会原谅他。很疑惑为什么那个女人在发了一通火后，竟然还这么大度。

因为加油站的对面就有几家汽车旅馆，时间久了，发生这样的事情也见怪不怪了，也就不去想这么无聊的问题了。

但每天总还是有有趣的事情发生。

有一天，加油站另一个姐妹告诉我，对面开汽车旅馆的某某红，裙子下面没有穿其他的东西，因为她家请不起"小姐"，又舍不得不赚那钱，所以干脆自己下海，明里是汽车旅馆的老板娘，暗里就是陪睡陪吃的"小姐"。

自从听了这个，每次某某红出来晒太阳的时候，我的目光就不由自主地落在她的裙子上。

那条裙子的面料像丝绸但又不是丝绸，那大朵的红黄印花，如同家里的被面，但又似乎比被面质量好些，它将某某红的身体裹出很优美的曲线，风吹过时，裙角飞扬，但那裙子的长度直盖到脚面，就算被风吹起一角，也难以窥视更深处。

那时候，我觉得她很美。她每天都精心打扮，烈焰红唇，烫着头发，戴着发卡，好像20世纪80年代明星画报上的女明星。

她每天站在门口嗑瓜子，或者是拿着刺绣圈刺绣，一举一动都很优雅，就连嗑瓜子也嗑的比别人更有水平些。

后来，同伴再说起某某红的时候，我就有点儿听不下去了。如果用没有证实的传闻去伤害一个美好的女人，那该是件多么残忍的事情。而她穿的那款裙子，悄然在小镇上流行起来，后来连我妈都特意讲起那裙子——

"一块儿很方很长的布，要挑颜色艳丽的，在布的两头缝上同色的带子，这就是一件裙子了。会穿的人，会在身上裹出不同的漂亮感觉，连带子都挽得有花样；不会穿的人，裹上这块布也觉得多了些骚情。"①

---

① 这里指张扬轻浮的得意之态。

这款裙子，后来就叫裹裙。小镇女人独创，后来被彻底湮灭了。

现在很庆幸当时看到裹裙繁荣的景象，凡是有点儿姿色，年龄在二十岁以上的女人，都很愿意尝试裹裙。

于是男人们的眼睛得到了空前的慰藉，那飘扬的裙角下大家都知道但从未点透的秘密，让他们都按捺不住自己的思绪，那段时间，很多男人们能随口说出很多黄段子。

当时，我老妈数次催促我辞掉加油站的工作，因为加油站和汽车旅馆及路边饭店一样，都在路边，我每天从那里走来走去，终究名声会变得不好。

可是当时也没有别的什么事好做，我还是坚持了一阵子。我比较奇怪的是，为什么许多人觉得那条路上的女人不正经，说她们是祸害，是狐狸精，是不要脸的"路边的女人"。

可是小镇所有女人似乎又都在模仿这些"路边的女人"的穿着与风情，甚至因为她们中的有些人喜欢吸烟，导致这个从来没有女人吸烟的小镇，忽然出现了许多吸烟的女人。

因为小镇忽然的热闹，为了带动文娱活动，组织了"服装展销会"，于是应景地出现一些本地模特队。

参加模特队的女人大多数是这些"路边的女人"。

她们自信地走在舞台上，个个都骄傲地昂着头，戴着墨镜……现在想想，那真是有种群魔乱舞的样子，或者说她们的自信并不是真正的自信，否则为什么要用墨镜遮去大半张脸呢！不过她们真的是一群精灵，像一团团热烈的火，让原本死气沉沉的小镇燃烧起来。

某某红虽然被各种流言裹挟，但那恰恰是她最风光的一段日子，她的汽车旅馆赚了不少钱，她也认识了不少有钱的男人。

大概我们面对面的时间太久了，虽然彼此没有说过话，到底也算是"老相识"，她有时候会风情万种地从对路走过来，到加油站的绿棚子底下和我们聊天。说是聊天，也不过是淡淡的几句："今天好热。"

"嗯……"我其实是很想找些话题的，她说话的声音很好听，人也很香。

"希望明天有雨。"她又淡淡地说。

不知道为什么她希望明天有雨，于是聊不下去了。她把手里的瓜子分给我一些，不知道是因为她的手心有汗还是怎么的，那瓜子肉筋筋的，吃在嘴里，瓜子皮中还混着些莫名的香粉味，实在不怎么好吃。

尝了一颗我就捏在手中，等她走了，将那些瓜子扔进了垃圾桶。我之前一直以为，她吃的瓜子很好吃呢！

后来，到底拗不过我妈的意见，我从加油站辞职了。从那以后几乎就没有再见过某某红。

直到两三年后,听人家八卦,说某某红搭上了广州的富豪,坐着人家的大卡车走了。同年冬天,某某红的妈妈买菜时,跟人家说她家某某红肯定被人害了,秋天的时候她接到某某红的电话,说在广州,让给寄些钱去。

可是不知道为什么,她并没有说钱要寄到哪里,没有具体地址,之后就挂了电话,钱当然也没寄去,然后又好几个月音信全无。

某某红那风情万种的身影从小镇消失了,可是有关她的故事好像并没有停止,隔一段日子总有人像忽然想起什么似的:"那个……某某红,你们还记得吗?知道她现在在做什么吗?"

问的人好像是随意一问,听的人也随口一答。

至今十几年了,某某红没有再回到小镇,也没有任何音信。我常常想,或许她还活着,像以前那样活着,也或许她被卖到深山里成了谁的妻子。总之,像她那样漂亮又聪明的创造出裹裙的女人,没有谁能困得住她,就算只剩下灵魂,那也是自由的。

老学校

我只要有空儿,就会到废弃的老学校里走走。就算过了很多年,依然有这个习惯。以为自己在缅怀什么,其实脑袋空空,思绪空空,只是想去走走而已。毕竟最容易做梦的几年,都留在了这里。

老学校早就报废了,最后一期的室外板报还没擦,经历了风吹雨打,依稀还是能看清楚内容,那是一篇抄写的朱自清的散文《背影》,旁边则画了些花啊、太阳啊什么的,用漂亮的花边把一篇内容和另一篇内容隔开来。

在与操场合为一体的舞台墙壁上,用粉笔写出来的许多骂人的脏话,还注明了被骂的人的名字,也有用黄色的碎砖当粉笔,画出来淡黄色的图画。

每当看到这些,就觉得自己昨天才离开学校。

一切,都还是原来的样子。

同学和同学之间的整蛊总是少不了的,那时候有几个喜欢玩纸弹子的男同学,会在中午把纸弹子弹到谁的脸上或者头发上,惹得对方激灵、颤抖,之后哇哇大叫着追打起来。还有个男同学,比较瘦,却似乎总是沉浸在自己的游戏当中。

但他很聪明,是班里能解一些复杂的物理题或者代数题的同学之一。

在我的印象里他并不好动,也不太喜欢参加集体游戏,但有自己的游戏。他特别喜欢捉弄那些下课后仍然抓紧学习的同学,在对方冥思苦想、聚精会神完成作业的时候,他会把书圈成喇叭状,忽然在对方的耳旁大叫一声。

结果可想而知,胆子小的要在刹那间魂飞魄散般愣怔几秒,胆子大的立刻拿起桌子上的书,在他的头上狠敲几下。

当时的我,更喜欢另一个男生,我很想有机会和他一起玩。不过那时候总是很羞涩,骄傲又自卑,可能因为转学的次数太多,因此没有从小玩到大的朋友,在班级里,我始终被陌生感包围着,所以从来不主动与任何人说话。

我俩的座位虽然不在同一组,却恰巧又离得很近,中间只隔着走道。如果我们是那种擅长传纸条的孩子,那么是很容易给对方传送纸条的,不过我们都学习好,从未传过纸条。

而他如同发现新大陆似的告诉我:"看,你的腿上有只苍蝇!"

我一下子没反应过来,我觉得苍蝇可以在腿上,可以在墙壁上,甚至可以在谁的饭里……就回了他一句:"你看,苍蝇在你的头上!"

然后他似乎有些意兴阑珊并且愤怒地扭过头去做作业

了。我有些失落，但也只是默默失落。我想不出来当一个人说"你腿上有苍蝇"的时候，别人会如何应对，是装作拍一下腿，或者是有别的什么隐喻吗？

我甚至还悄悄地问过别人，但都没有什么答案。后来有一次，我看到一个很可爱的三四岁的小孩，他白白嫩嫩的腿上真的有只很讨厌的大苍蝇，于是我说："你腿上有只苍蝇！"

小家伙以为我逗着他玩，哈哈哈地大笑起来，笑得那么无邪快乐天真……

我看着他笑，也不由自主地扑哧笑出了声。或许这并不需要答案，只需要一个明媚的笑容就好。

当时，大家都喜欢一位教地理课的女老师。大家称她为郑老师，都说她是学校里最漂亮的老师。

学校里年轻的女老师其实不太多，就算把郑老师扔在美女堆里，她依旧扎眼：肌肤很白，身材高挑，头发烫成大卷，画着很浓的妆容。那时候韩剧刚刚风靡国内，剧中的女主角都喜欢涂一种颜色很深的唇膏，郑老师也涂着跟韩剧中女主角们一样颜色的唇膏。

那时候，我们这小地方蕾丝也刚刚时兴起来，整个夏天她都穿着蕾丝上衣和黑色的纱制裙子。

她走路的时候喜欢低着头，仿佛对周遭一点儿都不感兴趣，双手很自然地握着拳，却又稍稍翘起，脚步很缓慢，可以一直保持匀速直到进入教室。她身上很香，比长在花池子里的玫瑰花都香。

女同学喜欢盯着她看，都说将来长大了也要这样打扮。男同学也喜欢盯着她看。在我们这个有点儿闭塞的小地方，多数人只能在电视中看到所谓的摩登女郎，现实生活中的人们，都透着股说不出道不明的土味儿。

当然，土味儿的青春也有着别样的风采，别样的美丽。只是见惯了，却觉得像郑老师这样的，那是绝对的摩登女郎，是我们从前没有触到过的气息。

她说话的声音也很小，但那并不是因为面对满教室的同学产生怯意导致声音很小，反而是一种很高傲的声音小，比如有一次，她叫我前面的女同学站起来回答问题，但是女同学并没有听清她问的是什么，于是只能傻愣愣地站着。

郑老师的眉头微微一蹙，又叫了前面一个男同学："你给她重复一遍我刚才的问题。"

男同学站了起来，带着某种荣幸，很鄙视地看了眼后面的女同学，大声地重复了刚才郑老师问的那个问题，女同学听完后马上就说出了答案，即使如此也不能挽回她刚才表现出来的蠢和笨，反而引得同学们一起笑了起来。

女同学坐下了，虽然郑老师并没有批评她，但她还是默默地抹起了眼泪。

大家并没有同情那位女同学,而且从那以后,再也没有同学敢说郑老师说话声音太小了。那位女同学自然很讨厌郑老师,并且说郑老师如何如何欺负人,但多数人会直接忽略掉她的感受,美好的事物和人都是需要用我们宽阔的胸怀来包容的,郑老师的美,足以让人用各种理由去包容她。

甚至如果有人想要恶意破坏这种包容,那么她就是——坏人!

就这样,郑老师的教学事业尚算顺利。

虽然她的穿着打扮在老师中也激起过水花,有送作业本去办公室的课代表就亲耳听到另一位老师很不屑地埋汰郑老师,说她每天打扮得那么风骚,也就是在中学里,要是在大学里那还了得,不知道要搞出几宗师生恋来。

后来那位课代表说,再也不相信表面的美好了,没想到平时看起来那么文静又让人有好感的老师,竟然用那么低俗的话讽刺郑老师。

美的力量就是这么大,足以让我们忽略一切的黑白与正反。

说起来,那时候我们这些女同学,也到了爱美的年龄。班里面有个"豁牙妹",据说是八九岁的时候和同学玩闹时撞到门上，撞掉了门牙，然后那颗门牙一直再没有长出来。她不敢大笑，如果实在忍不住要大笑，那么肯定是捂着嘴巴的。

她并不是班里最漂亮的女生，不过她的衣服很多。有时候上午穿着一套很漂亮的衣服来上学了，中午回去吃个饭，回来的时候就又换了一套新的。

她的衣服多，而且大多都是新衣服，主要是因为她的家境好。班里还有一个家境不好的女孩，不像郑老师那样美得惊天地、泣鬼神，不会有郑老师被"全民宠爱"的待遇，反而遭遇到多数女同学的白眼和排挤，再加上学习成绩一般，最后沦落到和两三个学习成绩差且特别喜欢玩的男生在一起打打闹闹。

这可能是在郑老师那肆虐的美丽之下的第二个受害者。

但其实远远不止如此。

记得当时班里有个很会唱歌的男孩，学习成绩尚可，当初进入班级排名第十一，有一双天生多情的眼睛。

他没事时喜欢盯着女同学的眼睛唱《麻花辫》，女同学在他的歌声中羞红了脸，躲避他的目光，而他却绝不会躲避女同学的目光。

有一段时间，郑老师会在地理课间，让这个男孩唱一首歌。

于是，他就略带羞涩地站到讲台上，站在郑老师的旁边,开口唱《我想我是海》,或者《飞天》。

他唱得的确好听,于是这节地理课剩余的时间就会变成音乐课。

郑老师也会唱歌,她喜欢唱当时最流行的《相约九八》,唱得很柔美,用自己的方法把一首我们总也学不会的歌唱得简单起来,后来很多同学都会唱了。

这首歌使我们第一次懂得拐着嗓子唱歌,也让郑老师的歌声存在我们的脑海里很久很久,有些大胆而又感情丰富的同学,含着泪请求郑老师当我们的音乐老师,说音乐老师太不专业了,上课只会教我们"啊啊啊"的念声,并且发音也不准确,常把大家逗笑。

当然,后来我们长大了些,就明白这位音乐老师是很敬业和值得尊重的,而郑老师给我们的印象却更是鲜活得如一缕异样的空气,她没有教好地理课,可她带给我们的的确是不同的。

她甚至影响了某些同学后来的人生走向。

比如那个爱唱歌的男孩,他或许真的有可能成为明星,但因为郑老师对他格外的宠爱,他过早的优越感使他在后来的日子里基本放弃了功课,开始潜心研究怎么唱歌,甚至连打扮也往明星的方向靠,比如有一天中午,他顶着一头很奇怪的发型进入教室,头发被染得五颜六色,好像酒吧里的霓虹灯,又在刘海那里编了条特个性的小辫子,让它毫无顾忌地搭在自己的眼睛上。

没有专业的老师教他唱歌,也没有郑老师那以柔化刚的拐嗓本事,后来逐渐泯然于大众,不见其踪影了。

还有一个女同学,她平日里学习不怎么好,人也比较沉默。在很多女同学开始描绘各类卡通版人物画时,她对画画儿可是没有任何的兴趣。元旦时,我们互送贺年卡,大家都送动画卡通卡片或者是小龙女杨过(李若彤、古天乐版)卡片,但她却买了一套知性巩俐的写真送给朋友。

当年的我们都觉得巩俐很丑,有个同学甚至当众表达了不满的情绪。

几年后,我们渐渐地认识到了巩俐的美,在鄙视年少肤浅的审美观时,又不禁佩服起那位女同学来,意识到她可是审美观方面成熟最早的呀!

那时候,她已经去学习服装设计了。

她在初中毕业后直接考了职专,选择的就是服装设计专业,那个漫长的等待的暑假,我们聚在一起谈论各自的梦想及人生走向时,我们问她为什么要选择服装设计,她的回答又让我们想起了郑老师。她说:"人再美也需要好的衣裳,郑老师的蕾丝衣,就是她的美丽战衣。以后我也要设计出最美的蕾丝衣裳。"

另一个同学听了她的回答后说:"我选择考高中上大学

也是因为她，因为我没有办法接受我这么不漂亮，听说上学可以打磨气质……"

郑老师在自己的形象很完美的时候，就离开了学校。

学校的生活太枯燥，吵闹的学生令人头痛，她放弃这份职业，去大城市闯荡了。她离开的前一个星期，同学们就已经知道了这个消息，大家议论纷纷，有幸灾乐祸的，有恋恋不舍的，也有没什么感觉的。

不过，她的确令人难忘，多年后依然在同学聚会上听到有人问起她。

在这样的嘘唏中，我们似乎又回到了那时的时光，似乎又看到一个美丽高挑的女子从阳光中走来……

想娶我的男孩结婚了

十四岁的时候，他到我家来过，可惜那时候我已经开始想办法赚钱，经常不在家，所以来了几次我都没有遇到。

只听我妈跟别人聊天的时候，大声说笑着一件事。我妈说："那孩子真是可爱极了，才十六岁呢，竟然已经想那么多事了，说要娶我家女儿，胆子可真大。我有空得跟他妈妈谈谈，不知道是孩子的意思还是大人的意思。如果是孩子的意思也就算了，如果是大人的意思这也太儿戏了，应该大人来说的。"

后来不知道我妈怎么问的他家大人，反正过了几天我妈就来跟我说："那男孩家条件很不错，男孩也比较务实，你要不打消去打工的念头，嫁给他算了。"

我当然是马上拒绝："才不要，我还没有看够外面的世界，要我一辈子留在这里过一点儿都没有什么希望的重复日子吗？"当时我还真的太小，我妈当然也没有勉强。没多久，我就离开了那个小镇。

过年的时候回到家里，我妈又提起他。说过年的前几天他来到我家，说："阿姨，初二我来给你家拜年吧。"按我们这里的风俗习惯来说，初二是女婿携女儿给丈母娘拜年的日子。我妈同意了。

那时候我已经在外面历练了一年，自认为对感情的事有点儿了解了，认为我和他之间绝对不会有结果，因为我还有更多机会去寻找更好的男人，而他只不过是这个小镇上一个普普通通的男孩罢了，况且他只是很久之前远远地看过我，或许他喜欢的也只是那个时候的我而已。

因为要上班，初二的早上，我已经整理好行李，早早踏上了离去的公交车。对于他，我依旧没有放在心上。

接下来是我的十六岁、十七岁、十八岁……

每年，我都能听到他的消息，都是经由我妈的述说。

每次我妈都会这样说:"那个男孩又来了,问你什么时候回来,说让我把你嫁给他。"

每次我听着,都觉得很好笑。

那时候,已经开始创业的我,根本不会想到,有一天还会回到小镇。

十九岁的时候,我终于有了初恋。那一年过年回家只待了一天。连给爸爸、妈妈买的东西都是后来托运过去的,后来给我妈打电话的时候,我妈说他又来了,让我妈把我嫁给他。

我只是笑笑,就挂了电话。

不过那之后,我反而常常想起这个人,甚至有想见他一面的冲动。就算不能成为恋人,也可以成为朋友。可能是因为渐渐地尝到了爱情的甜蜜和辛苦,我开始觉得爱别人辛苦,被别人爱幸福,这简单的认知让我产生了与他同病相怜之感。

后来他妈妈终于忍耐不住了,问我妈我到底在哪儿工作,只知道是在某城,可是她儿子经常没事就去这城里逛悠,到现在也没遇见。我妈说我和他成不了,也是因为他妈的态度非常不好,其实从开始到现在,就知道他妈特别不看好像我这样在外面打工的女孩,或者是有打工经历的女孩。

我们那里的风俗,若是出去打工长年不归的,肯定都没啥好事，特别是女孩，在这方面加倍为人诟病。

知道这事后，本来想要见他的我，最终还是打消了念头。那一年，是我人生的低谷，迅速恋爱，又迅速结束，而且结束得很狼狈。当时只是慢慢地懂了，人家说的百分之九十以上的初恋难以有圆满结果，可能是真的。

到二十岁的时候，我的事业、爱情都走到了最低谷。从小到大，从未那样迷茫过，而那一年，我终于接到他的一通电话。

据说电话号码是他软磨硬泡，从我妈手里要过去的。

这是我第一次听到他的声音。

接到他电话的时候，我坐在一个算命的小摊上。

这是我多年的习惯，只要是遇到挫折、心情极度低落的时候，都会随便找个算命小摊坐坐，洒玉米粒儿，或者是抽签，让算命大师为我解析我的命运，又提前叮嘱他们，如是好的，就尽情地说出来；如看到不好的，千万不要告诉我，告诉我的话，我是不会给钱的。

他的电话打来，我刚刚洒下玉米粒儿，仙风道骨的算命大师皱紧眉头观察那些玉米粒儿，我接起了电话，他说："你现在，过得好吗？"

我从来不喜欢被别人看到自己的狼狈，没有回答，很不客气地挂断了电话。但那个电话却又固执地打过来，我再次接了起来，听他在电话里说："我是那个一直想娶你的人，城市里不好混，如果你觉得累了，不如回来吧。"

那一刻，我忽然沉默了。

这个电话来得太及时，就仿佛是我最黑暗的人生中唯一的一点儿光。

眼睛渐渐地湿润，我尽量调节着自己的气息，不让他知道，我差点儿要因为这个电话而哭泣了。

我的沉默并没有导致我们之间尴尬，他反而很轻松地说："很吃惊吧，虽然你对我很陌生，但是我对你很熟悉，这些年我一直都关注着你，虽然不知道你具体生活咋样，不过一个女孩独自在外面闯，总还是会感到累的。我这边已经有了自己的一片天，如果你肯回来，我可以在小镇上给你开个店，以后，我种地，你开店……"

他的话让我不禁笑出了声，同时眼泪也流了下来，他不知道他的安排对我来说有多大的吸引力，我好想立刻就答应，飞奔回去，按照他所说的，好好生活下去。

他又唠唠叨叨说了些其他的，比如今年打算种多少地，又买了辆新拖拉机，还有镇上新开了家漂亮的饰品店，也是唯一一家，生意好得不得了……

我的思绪随着他的话语，渐渐地回到了小镇。

小镇上很平静、很美丽，天气晴朗，树荫下有几个小孩子在玩耍，卖西瓜的大叔在西瓜车下面睡觉。

直到半个多小时后，他终于觉得再也无话可说了。

我轻轻地说了声谢谢,就挂了电话。

他也没有再打过来。这时候,算命大师已经观察好了玉米粒儿,要给我算命了,我把钱递给他,不需要再算了。我想我不能再继续这样地狼狈下去,一定要争气,不管命运给我的是什么,我都要努力去改变它,掌握自己的命运。

有了这样的想法之后,我似乎有了目标。

我很感谢他的电话,但是第二天,我还是换了电话号码。

那年过年,我回去了,并且打算住一段时间。

我妈知道了很高兴,说:"今年的初二,不知道那男孩会不会来?"

我也摸不清自己的心,到底是希望他来,还是不希望他来。不过到了初二,他到底是没有来,过了几天我妈从别处听说他已经有了女朋友。原来是他妈妈逼他相亲,说是相亲,事实上两家大人都很看好他们,他是个孝顺的儿子,女方也是很老实又漂亮的好女孩,他没有理由拒绝这门婚事。

初二的时候,他去了仅仅认识十几天的女孩家里。

那一年新年,似乎格外热闹。多年来平淡无奇的小镇,不知道受了什么刺激,忽然变得欣欣向荣。正月十五,燃放了整整两个小时的烟花,灿烂而梦幻的烟火,打破常规,似乎永远不会湮灭。

我站在二楼的门口,从头看到尾。

第二天,镇上好多人病了,因为空气里都是硝烟的味道,空气是有史以来最差,导致很多气管不好的人当天晚上就发病。

我走在挂满红灯笼的路上,灯笼里的火已经灭了,脚下踩着的是一层灰红相间的烟花碎屑,才忽然悟到,烟火再怎么璀璨,就算花多少钱,摆放多少筒,就算燃多少个小时,就算多么美丽,最终也不过是一场灰烬、一场硝烟。人生在世,果然不能太贪,不能期望太多。

元宵节过后,就是情人节。

我也收拾行装,准备回到工作的地方了。家里的其他人都已经睡了,我独自坐在床上把箱子扣紧。

电话就是这时候响起来的,接起来,是他。

"今天是情人节,我能约你吗?"

我想问他,为什么在情人节的时候,不与自己的女朋友一起过?为什么初二的时候没有来,却要在情人节这天约我?但我什么都没问就答应了。

从房间里走出来,才发现他就站在门口,手中拿着一束很漂亮的心形巧克力。我早知道他是个又高又帅的男孩,但是在看到他的那一刻,还是觉得他的帅气超出想象,他的眼睛很好看,微笑地看着我,如同我们早已经认识彼此好多年。

"送给你。"

我接受了。

"陪我走走吧。"

"好。"

我们在路灯下缓缓地走着,他大胆地将我的手握在他的手中,那突如其来的温暖,直达我的内心深处,我给了他一个灿烂的笑容,半开玩笑道:"早知道你这么帅,我会早点儿回来。"

他也笑了,说:"你笑起来还是老样子,我第一次看见你的时候,你就是这样笑。"他又接着说,"虽然我长得这么帅,可你还是会走的吧?"

我知道,这一刻我如果说我不走,说不定会改变些什么事。

但我犹豫了两秒之后,还是点了点头。

这答案似乎是在他预料之中的,他依旧笑着,却将我的手更紧地握着:"希望你将来能找到自己的白马王子,希望你幸福、快乐。"

我也看着他,狠狠地忍住想要流泪的冲动:"虽然我们这才是第一次见面,但我可以很肯定地告诉你,你让我有种好像我好好谈了场恋爱的感觉。谢谢你给我的这一切。"

他的眼睛亮亮的,仿佛天上的星,一字一字地说:"我是真的爱了一场。我不后悔。"

……

回忆总是在时间的缝隙中挣扎，它们像强韧的小草，你越想忘记它，它越是钻到你的时空里，好多事反而变得越来越清晰，清晰得就好像昨天才刚刚发生过。我总是想起那年如同要毁灭一切的烟火，也记得他。

渐渐地，我终于明白那天到底发生了什么。如果能穿越时空，回到当初，我其实想要告诉他，其实我也爱过他，至少在那一刻，我是真的爱他。虽然从小到大我可能爱过很多人，但他绝对是特殊到让我一辈子都无法忘记的人。

白大美

我有一个朋友叫白大美。这个故事来自她。

出了小区，路的尽头有个很大的垃圾箱，几乎堵住了半条路，勉强能通过一辆小轿车，垃圾箱的形象类似于一个没顶的矮房子，扔了什么在里面，都看得很清楚，有时候垃圾车一个星期或者更久没有人来清理，里面的垃圾就会溢满到路上，还有污水从垃圾箱的底部渗出来，像数道黑色的小溪，淹没道路。

没有人喜欢这个垃圾箱，特别是那些穿着光鲜靓丽的小妹子，从这里经过时总是要嫌恶地捏住鼻子，然后像漂亮的小兔子一蹦一蹦，尽量不沾染到那些黑色的垃圾。

老人经过的时候，也会忍不住咒骂几声，在这座漂亮的小城市里，像这个垃圾箱这样的存在，真是不像话。

可是，就是这样一个垃圾箱，冬天的时候会成为鸟的天堂。每天都有一群一群的鸟儿落在上面找食吃，其中有常见的麻雀和黑鸟，有时候还会有鸽子。

它们聚在垃圾箱里汲汲营营，在人们眼里最差劲的地方，反而是它们的天堂，漫长的冬天，在垃圾堆里取食似乎已经成为它们唯一的生活重心。

白大美在经过垃圾堆的时候，也是捏着鼻子，三步并作两步，迅速地跳过那些污秽之后，才长长地舒口气，回首望着那些依旧在垃圾堆里快乐生存的鸟儿，疑惑地问身边的人："它们一点儿都不怕人，我从旁边走过，它们似乎一点儿影响都没受。"

其实何止是人跳过它们的身边时没影响，甚至是车子来了它们也都不在乎的。或许天长日久，鸟儿实在是习惯了。

只是有时候，还是会发生惨案。

比如一些无知残忍的孩子，会利用它们在垃圾堆里寻食，并且不惧怕人类的特点，将它们捕获，然后在它们的脚上拴一根细线，拿在手里当玩具似的把玩。

有一次，白大美就看到了这样一只可怜的鸟儿，它那根细细的腿已经被绳子磨破了，仿佛马上就要断掉，它看起来已经筋疲力尽，一双眼睛缓慢地眨着，羽毛不再鲜丽，或许它的羽毛在这阴霾的冬日从来就没有鲜亮过，它灰塑料似的小嘴紧闭着，那神态像一个已经认命的沉默的可怜人。

可是那个胖乎乎有着两只漂亮黑眼睛的熊孩子，还不断地把鸟儿抛起来，让它产生刹那的希望，以为自由了。然而它振翅飞出去时，那根绳子却很快就到了尽头，可是上一秒，它以为可以飞向天空，那么毫不犹豫地起飞，可恶的绳子于是又在它的腿上磨下一道血痕。

熊孩子的笑声那么欢快，刺着白大美的耳朵，白大美用一种嗡嗡的声音说："你放了它吧，你看它的腿都要断了，如果真的磨断了它的腿，以后就算你放了它，它也落不下来了，真的成了没脚的鸟儿了。"

她本来是在给那只鸟儿求情，可是声音里没有什么温度，冷漠得如同放了半天的冰水。小区附近的孩子其实常常看见白大美，她大约三十岁，在冬日里总是穿着灰扑扑的羽绒服，脖子上围着条黄色的长围巾，让她显得很臃肿、沉默，甚至还着一丝丝的滑稽。

熊孩子并不怕她，反而丢给她一个大白眼，就转身跑开了。

· 151 ·

白大美因为那只被拴住脚的鸟儿，好几个晚上都睡不安稳。脑海里总是出现它被放飞的刹那，那一刻是绝望里迸发出的希望。然而却很快又被那根线给扯了回来，无论怎样挣扎，也无法挣脱那根线。一双圆圆的小眼睛，又在刹那间恢复黯淡。

可怜的小东西……

连续十几天，大雾都停驻在这座小城里。白大美经历了一场失恋。

她和那个男人已经认识了两个月，两个人都已经三十岁了，家里也都催得紧，干脆就这样凑一块儿，本来白大美还在窃喜，今年回家总算对长辈有交代了，这个男人长得不赖，工作也还算稳定，虽然她在他的手机里有时候能看到很肉麻的信息，但还是开始打算结婚的事，甚至到照相馆照了一组单身照片，照片上的她青春洋溢，一点儿都不像她了。

她盯着看了看，觉得也无所谓，女人的颜值总是会变的，将来老了，她会把这些照片拿出来，告诉儿子孙子，这就是她年轻时的样子。

她做着告别单身的准备，但那男人却提出了分手。他说出那句话的时候，甚至还带着心痛，仿佛他是有很不得已的理由才提出的分手，仿佛他的心里骨子里仍然爱着白大美，这让白大美在隔了两分钟后崩溃，既然还爱她，为什么要提分手呢?

她像受了重伤的鸟儿,蓦然抱住他:"为什么,为什么?我们可以结婚的,为什么要分手!为什么?"

男人无奈地叹了口气:"这样吧,我们把缘分交给上天来决定。"

白大美疑惑地看着他,心里头生出一丝希望。男人接着说:"我们背对背走,各走出一百步,回头如果还能看见对方的话,就证明我们有缘分,那么就在一起;如果看不见彼此,那么我们就这样走出彼此的生命,当一切没有发生过。"

白大美的眸光蓦然黯淡了下来,她的唇角甚至还有掩不住的嘲讽。这样大雾的天气,别说背对背走出一百步,就算只是走出了十步,也有可能看不见对方了。

可她还是同意了。

于是那男人向她打了个再见的手势,就摇摇晃晃地往雾中走去。

白大美没有走,看着他的背影,直到他消失在视线中。她知道他不会回来,可依然在原地站了好几个小时。

天快黑时,她才缓缓地往小区里走去,经过垃圾箱时,那里依然有鸟儿在寻食,她忽然想到被一根线扯在熊孩子手里的鸟儿,那乍起的希望和冰冷的绝望,让她的心蓦然一颤。

……

她越来越觉得,拴着鸟儿的那根线就是命运。

就好像她自己,命运让她必须在各个小城市飘来荡去;命运让她不管走多远,必须还得在特定的时间里回到特定的地点;命运让她在灰扑扑的小巷里迷路,看不清未来的方向;命运让她找不到可休憩的地方;命运让她总是在爱情的外围打转,孤孤单单……

她想:"这辈子,我不可能摆脱命运的控制,那么我是不是应该选择放任自流,顺其自然?不要再挣扎了,就这样吧。"

可是每次这样想的时候,她心里头都一阵阵地疼,那是自尊和不甘正在呐喊。

她忽然想起来小时候的一件事,那时候她的字典里还没有"命运"这两个字,那时候她已经知道嫉妒是种什么样的心情。

隔壁的女孩很漂亮,学习成绩也很好,初中的时候已经显现出大美人的特点,纤瘦、白皙,而且有很多条长裙子。白大美的妈妈就总是盯着那女孩,数落白大美:"你瞧人家多会长,你看那身条,你看那脸蛋子……我跟你爸也不丑,怎么就生了你这么个丑货。"

白大美每次听到她妈妈这刺耳的言论,就觉得有把锯子从心头锯过,每个锯齿都让她鲜血淋漓,偏偏她妈妈还不能停息,接着说,无休止地说。

妈妈的长吁短叹，让她笃信，这世上的事，三分靠运气，七分靠打拼，只要努力一定会取得好成绩，那段时间她起早贪黑，像疯子般学习。

大概是底子太差，临时抱佛脚并不能弥补多年学习累积下来的一个"差"字，她还是以极低的分数，只被本地一个技术性学校录取。而隔壁的漂亮女孩，却在漫长的暑假过后，在爸爸妈妈的护送下，高高兴兴地去了最好的高中。

她不明白为什么都是人，为什么同样付出了努力，得到的却是如此不同的结果呢。她看着隔壁一家人走远，心里仿佛静静地裂开了条永远也无法愈合的口子。

后来她妈妈再骂她，她不再忍耐，只说一句话："是你把我生得这么丑好不？是你怀孕的时候吃了太多的猪脑子，所以才让我这么笨好不？"

她妈惊愕地瞪大眼睛看她片刻，就到处找扫帚，想用扫帚打她的嘴。她却已经一溜烟地跑掉了。

多少年过去了，她现在在一个破败的小区里，与另外四个人合租三室一厅的房子，她自己占了一个只有五平方米的小间，放张床，放张写字台，就只剩余一个扁着身子才能通过的通道了。除了上班，她的大部分生命都在这个只有五平方米的小房间里度过。

她妈怎么也没有料到，这世上不但有男光棍，也有女光棍,她本来以为白大美至少可以在合适的年龄找一个跟她差不多的男人结婚,结果一年又一年,年年都是白大美自个儿拿着大包小包回家过年,她妈妈饱受折磨。

白大美平日里的穿着很朴素低调,那些漂亮又高级的衣服不是她这样没有什么钱的女人可以穿的,但是回家过年的时候,一定要有一套看上去似乎还不错的衣服,头发也要去烫一下,没有男人愿意跟她回去,她就买尽量多的礼物,来填补缺失男人所带来的尴尬。

比如在家乡小村里很难见到的铁板鸭子、糖炒栗子和各种又实惠又甜腻的糕点,给爸爸妈妈买棉衣棉裤,以及漂亮的围巾、高档的烟和真皮皮鞋,当然还有制作精美且昂贵的糖果。

每次有人来家里拜年,她爸爸妈妈就会把这些糖果拿出来招待客人,客人很自然地抓了一把放在口袋里,然后才剥一个放在嘴里:"哟,这糖在哪儿买的?"

白大美的妈妈难得露出一份自豪,说:"我家大美从城里带来的,这儿可买不到。"

"哦,大美啊……现在还是在那工厂里干着吗?有对象吗?"

白大美的妈妈就如同做了什么亏心事似的,讪笑着摇头,又求那人替白大美介绍个对象,又说,没什么要求,人看着齐整就行。

往往那人会把剩余的糖都装在自个儿的口袋里，如果恰巧看到半只鸭子还在案板上没切开，就连同那半只鸭子一起装了，然后用一种很优越的目光瞅瞅在一旁隐忍着不发怒的白大美，向白大美的妈保证："放心，大美虽然不怎么漂亮，好歹也是见过些世面的，我会给她介绍一个好对象。"

整个过年期间，白大美的时间往往被安排得紧锣密鼓，除了要应对各类亲戚往来，最重要的任务就是相亲。

这是个很痛苦的过程，痛苦到她甚至希望永远不要再过年，不要再放假，宁愿在那个五平方米的小单间里过完自己的整个人生，就算让她放弃妈妈做的菜和爸爸目光里的担忧和温暖也在所不惜。

可惜，这只是想想罢了，她还是每年必须要面对这样的状态；除非有个男人爱上她，娶了她，这样的人生才会有所改变。但具体怎么样，又有谁知道呢。

客厅里电视机的声音很大，脑白金的广告重复地播着。

唉，又快要过年了。

在这座城市的临时落脚点，白大美像只沉默的小老鼠，躲在自己的角落里，很少跟其他几个室友打招呼，时间长了，室友们也把她当成了空气，并不多说什么。这几天，几个室友都在准备回家过年，其实也没有什么好准备的，只是从超市里买好的礼物都堆在客厅里，一堆一堆地分开，再加上年前的倒休，总有人和白大美一样，整天在房子里，把那部十七寸的老旧电视的声音开到很大。

白大美每次经过客厅，看到对方盯在电视上的漠然神色，就觉得一种愤怒悄悄地从胸口蔓延出来，看电视就看电视，为什么要把电视机的声音放到那么大？

还有买好的各种礼物，为什么就不能搬到各自的房间里而要放在客厅里呢？这么乱哄哄的样子，看着就让人心烦。

不过她是很能忍的，就算是再看不过眼的事情，也能保持沉默。

其实她也要趁着这两天去买礼物，家里也会办年货，可是大头还是在她这儿，所以必须买很多东西，什么吃的、用的，什么老人的、姐妹的，总之能搬多少回去就搬多少，漫长的车程中，她必须保持高度紧张，看好自己买的东西，以及自己的包和钱，过年前乱哄哄的，是最容易丢东西的。

然后回到家里，看着家人在她的异常疲累中，将她买的礼物在短短的时间里全部都开封、品评，对于让人眼前一亮的东西就说一句，这个还行。对于不怎么满意的礼物，就嗤之以鼻，多数时候，爸爸妈妈还是会给她面子的，只说一句"回来就好了，买这么多东西干什么"，紧接着下句可能就是："明年再回来的时候，买点儿别的吧，今年就算了。"

一般情况下，白大美会在他们拆礼物的时候悄悄地溜回爸爸妈妈的房间躲起来，在他们的大床上摊开身体，舒展一下。近二十个小时的车程，她几乎保持一个姿势，感觉血液都在这个冬天凝固了。

早在几年前，爸爸妈妈就已经撤掉了她的房间，她反正一年就回来一两次，有时候就一次，没有必要专门留给她一个房间。

过年的时候，她是睡在客厅里的，沙发是那种能打开的旧式多功能沙发，打开后就是一张床。

即便如此，白大美也能睡得很甜美。

当然也可能是因为，在过年期间，客厅里总是最热闹的，吃喝玩闹，大年三十的时候还要"装仓"和"熬夜"。

"装仓"就是不断地吃吃喝喝，据说这一天如果能吃得更多、喝得更多，那么来年就会整年不饿肚子。"熬夜"大家都明白，就是大年三十睡得越晚，熬夜熬得时间越长，那么来年的福气就越多。

白大美一般回到家里是大年三十的白天，从车上下来再加上带着大包小包很多礼物，回到家时已经累得不行了，可是还不能睡。

在大家看春节晚会的时候，她脑子里就已经成了糨糊，直到熬到春节晚会结束，窗外的鞭炮声响起来，这时候她能清醒些，跑到窗前去看烟火……

那明明灭灭的灿烂，总是让她产生错觉，或许这一切都是梦，所有的痛苦和欢乐都是梦。

她对着窗外傻傻地笑，身后的家人却都用诡异的目光看着她，新年的钟声已经敲响，她又大了一岁。在家乡像她这么大岁数的女人，孩子都快十岁了，而她还是孑然一身。

第二天她所面对的，一定是与拜年混杂着的相亲历程。

每个大年三十，她都是半夜五六点才可以睡觉，两个小时后起床，和家人一起安排这一天的生活。

两个小时是无法让疲累了两三天，甚至是更长时间的身体得到真正的休憩的，大大的黑眼圈和粗糙的皮肤就算用化妆品也遮掩不住。她妈把这种现象归结为她越来越老了。

白大美也不去辩解，只是把粉底液再在脸上打一层。

脑子里却总是回响着老妈的话："今年相亲不成功，明年会更老更丑……"

手机里放着的是汪峰的《存在》：

多少人走着却困在原地，多少人活着却如同死去；
多少人爱着却好似分离，多少人笑着却满含泪滴；

谁知道我们该去向何处，谁明白生命已变为何物；

是否找个借口继续苟活，或是展翅高飞保持愤怒；

我该如何存在……

白大美很喜欢这首歌，虽然没有歌中想表达的那种悲伤和愤怒，还有疑问，她早已经很笃定地明白自己的人生注定要在灰暗中前行，也认命地认为自己不可能有什么大的成就，飘就是飘，飘和闯是不一样的，闯是有目标有目的有激情地去一个地方，过关斩将一路高升，得到自己想要追求的结果。

而飘，只是一个迷路的孩子，如同无根的浮萍，随着浊流往未知的地方而去。

而白大美，显然是属于"飘"之一族，她甚至觉得听这首歌也是奢侈，会勾起她内心里的某种奢望，这首歌至少有疑问，有激情，有了这样的东西，就还有希望。可是她呢，她心里是连希望也没有的。

通常情况下，在她随着音乐胡思乱想的时候，她爸会吼一声："赶紧给我换个音乐，大过年的唱什么死不死、活不活的，真晦气！"

白大美于是关了音乐，坐在角落里发呆。

就这样，过了好几个新年。

站在商场里，白大美静静地回忆这些事。身边人来人往，过年前的几天商场总是最热闹的，很多商品都标上了"抢购"二字，那的确是抢购了。可是白大美从商场里逛了一圈，什么都没买就出来了，站在路边等公交的时候，看到几只鸟儿落在公交站棚的玻璃上，圆圆黑黑的小眼睛好奇地往里面瞅着。

那可爱的样子，引得白大美笑出了声。

因为观察那几只可爱的鸟儿，她甚至错过了公交车，不过没有关系，她很有耐心，可以再等一辆，至于回家的礼物，她也不着急，想着第二天再买吧，反正还有两天才回家，时间是富余的。她之所以每年大年三十才到家，只是想能迟一点儿就迟一点儿，对于她来说，回家有时候就是去一场火和冰的炼狱里走了一遭。

可是，这已经是这个世界给她的唯一的一根线。有了这根线，她即使跑了多远，还是有家的；没有这根线，她便连家也没有了。

她微微地叹口气，无论如何，还是要回家的。

出租屋仿佛一下子冷清起来。似乎不约而同地，室友们都离开出租屋回家了。

客厅里那一堆堆要带回去的礼物清空了，电视机关闭了，其他的房间都锁了起来，洗手间的门上贴个写着"请最后离开的人冲好马桶，谢谢！"的小纸条。

他们走了，她仿佛一下子自由极了，把自己摊在简陋的沙发上，拿来遥控器，两个多小时的时间里她一直在换台，而且觉得换台很有意思，这似乎是她能完全掌控的一件事，想看什么，不想看什么，真的有种"遥控器在手，世界我有"的感觉。

她本来以为今天晚上能做个好梦，没想到才刚刚睡着没多久，就被噩梦魇住，她梦到自己变成了一只鸟，有一根绳子拴在腿上，她起先还在迷惑地想，我不是鸟，我肯定是在做梦，可是她看到一双满怀恶意的眼睛，在她的面前越放越大……

是那个小孩，那个讨厌的小孩！那个抓了鸟用线拴着鸟腿的小孩，此时他离她越来越近，她甚至能感觉到他兴奋的呼吸。

她发现那双眼睛里，忽然有种令人恐惧的东西，他猛地把她往上一抛，世界在她的视线里转了好几个圈，一切都模糊了，又想这时候不逃跑更待何时呢？可是腿上猛地一痛，她又被小男孩给拉了回来，她听到他哈哈哈地大笑着……

内心的恐惧无限地放大，她意识到自己真的变成了鸟，可是不行，她不能当那样的一只鸟，她必须逃走。

也不知道哪里来的力气，她竟然拖着自己被线绑着的腿开始逃跑，甚至将那个小男孩都拖着跑，原来小男孩的力量也没有那么大，她心里狂喜，疯狂地往外跑去，边跑还边弯腰要把绑在她腿上的线弄断,好像一切都很顺利,她差点就要把那根线弄断了,看到那个小男孩疯狂地追上来,她感觉到一阵钻心的疼痛……

她猛然失去了意识,梦醒了。

过了一会儿,她听到有人上楼的声音,好像是一对情侣,女孩用撒娇的声音说:"我不管,今年过年你得先去我家,去完了我家,我才能去你家。"

"这倒没有什么问题,就害怕你妈看不上我这么穷酸,要把我赶出来。"

"那你到底去不去?——啊——"

女孩的惊叫声,迫使他们的讨论停止。女孩惊慌地指着前面倒在地上的人:"她怎么了?还活着吗?"

白大美这时候已经彻底地从梦里醒来了,头上有温热的血流下来,使她的视线有点儿模糊,看到站在她面前的这个女孩很年轻、漂亮,自己的惨状一定吓坏了她。她的腿也生疼,她挣扎着想动一动,钻心的疼痛却逼得她不得不安静地等待,女孩已经替她拨打了急救电话。

白大美的小腿被摔断了。

当她打电话给家里,告诉她妈她的腿摔断的时候,那边猛然地沉默了,很久之后听到她爸抢过了电话,大声问她:"在骗我们吧!就知道你是不想回家来了!女儿养这么大,浪费了我们多少精力和粮食,不过每年叫你办几个年货而已,就不得了了,还说自己的腿摔断了,好吧,不回来就不回来,我们就当没养过你好了!"

"啪"的一声,电话就挂断了。

其实白大美也不知道怎么解释,她说她是做梦的时候,从房间里冲出来,跌下了楼梯摔断了腿,有几个人会相信呢?没人会信。

不过,这样子的话,今年是不必回家过年了。

想到一个本来很沉重很嘈杂的新年,因为断腿而忽然变得很悠闲,只需要躺在床上看看书,听听音乐,忽然觉得这腿断得很及时,也很合适。

阳光从窗户照进来,她忽然很想念那群在垃圾箱里觅食的小鸟。不知道那个可怕的小男孩,有没有再抓另外的小鸟捏在手里玩耍。

她不知道,小区路口那个垃圾箱在她住院的第二天就被拉走了,环卫工人将那里打扫得干干净净,并且每隔一段路就设立了两只新式小巧看起来很漂亮的桶状垃圾箱。那群小鸟自然也不会再来到这里觅食了。

小雪和李小姐

曾经有个朋友,是我合租的伙伴,她叫小雪。

三室一厅的房子,除了我和小雪,还有一个容貌姣好、打扮时尚高贵的三十岁左右的女人,我们一直不知道她的名字,她让我们称她李小姐。

小雪和我同年,住在最中间的卧室,虽然离洗手间很近,可惜室内光线总是不太好,进入以后觉得空气里有种混杂着花露水的陈腐气息。我住在和阳台相连的卧室,阳台被我弄成了小厨房,相对来说采光和适用度都比小雪的房间强一点儿。

李小姐占据着最大的卧室,卧室甚至与一个不到五平方米的小书房相连,书架上摆满了许多看起来高端大气上档次的历史、财经、法律方面的书籍,光线昏暗,常年开着台有着大帽子的落地灯,一张结实的书桌和椅子,正对着桌子的墙壁上,挂着一幅与书房内氛围不太搭边的文艺复兴时代气息的喷绘油画。

她的卧室看起来干净且温馨,还有浪漫的宫廷式粉色蚊帐,始终都有种淡淡的香水味。

她之所以能住最好的房间,甚至连客厅也默认为她所有,是因为她出了房屋租金的大部分,而我和小雪合起来出了一小部分。小雪出的钱最少，自然住在条件最不好的房间，而且厨房是归李小姐使用的，我占据了阳台，小雪因此没有小厨房。

初时，我大方地将阳台让出来一部分，让小雪自己做饭吃，结果发现她总是不买菜和米面，通常我买好的还没来得及吃，就在下班后发现已经没了，虽然并不是什么大事，可是几次三番，我经常因为判断错误而耽误了吃午饭，所以很委婉地要她自己买菜买面。

她只是笑笑，依然如故，说急了就说："我一定会还你的，你知道我男朋友很有钱的，我现在快和他结婚了。"

关于她男朋友的事，我和李小姐倒常听她提起。

晚上我们一起看电视的时候，她就会说起有关她男朋友的事，比如他曾经在她不注意的时候冷不防地吻了她一下；比如上班的时候忽然收到一束花，一看卡片原来是男朋友送来的惊喜；又比如在情人节的时候，虽然没有收到什么礼物，但却在第二天收到了求婚戒指等诸如此类的信息。

我听着倒很有意思，只是对于那个男朋友从来没有到这里探望过她表示疑惑，毕竟她留在房子里的时间比较多。

而李小姐通常都会很不耐烦地打断她："这有什么好说的，吵得人看不成电视，你不想看电视就回你房间跟男朋友打电话吧！"

小雪就笑眯眯地住了嘴。

小雪很喜欢笑，不知道为什么笑容里总带着自卑和讪讪的感觉，仿佛总是不好意思，有点儿羞怯，又有点儿尴尬。大概就是因为这个，使李小姐特别不喜欢她，有一次甚至当面说，女人活成小雪这个样子，不如去死好了。

小雪听了竟然还是一笑。

我真的不理解。

小雪后来还是没有听取我的告诫，将我买的菜、水果、面都理所当然地据为己有，而且时常不给我留，这样一来，我不得不把她请出我的小厨房。

当时我是带着很决绝的心态，心想这样一来，就等于完全失去了小雪这个朋友，但总是害我饿肚子的朋友又哪算是真正的朋友？失去了也不可惜。

最后在我冷冷地说出自己决定的时候，她却没有生气，反而把一只大约拇指粗细的小电筒塞到我的手里："这两天楼道里的灯坏了，也没人来修，这个送给你，又小又方便，回来后不必摸黑上楼。"

我的心一下子软了，或许她是经济上遇到了困难，才不得不吃我的菜呢？其实她还是很体贴很重视友情的，反而是我太过分了。

我拿着手电筒，拍着自己的额头，叹了口气，告诉她，她可以继续使用我的小厨房。

买菜的时候，只能多买一份，告诉她，想吃也可以，给我留一份，因为菜市场与我下班的路并不顺，我都是早上起来买好一天的菜，中午和下午就不必去买菜了。

可惜，就算我买两份，有时候还是没有我的菜。

后来才知道，她做好了饭菜，会请李小姐吃。并且在我发现后，还振振有词地说："李小姐是这房子里付租金最多的人，请她吃顿饭是很正常的事。"那神情仿佛我是天下最小气的人。

我气得不与她说话，她却又趁着李小姐不在的时候畏畏缩缩地到我的房间，哭丧着脸说，她实在是没钱给下个月的房租，这样做只是为了让李小姐不赶她出去而已。

我就问她为什么没钱给房租，不是还有个很有钱的男朋友吗？

她惊诧莫名地看着我，一双眼睛里满含泪水，说我残忍，不该说这样残忍的话。她委屈，说如果她的男朋友知道了她在出租的房子里被这样欺负，会看不起她！

我把她推出房间，一只手在空间里比画了下打了两个耳光的样子，虽然耳光没有真正地落到她脸上，但她的脸已经涨得通红。

我拿了把锁，将小厨房的门锁了起来，只有我可以进出。

随后我又跟李小姐商量，希望她可以把客厅的阳台让出来给小雪当作厨房，但是李小姐拒绝了。阳台上养着些高大的花木，她每天都会抽时间打理，闲暇时会拿本书坐在阳台的椅子上看书。

小雪一直很羡慕李小姐的生活。在我们吃饭的时候，她抱着一桶方便面吃，却一点儿不介意的样子，说："李小姐你真会生活，如果有一天我也可以像你这样生活该多好。"

李小姐听到这话时，唇角常常会浮现出一抹难以描述的自嘲。

过了半个月，果然在交房租的时候，小雪拿不出房租。李小姐让她搬出去。她可怜兮兮地坐在沙发上哭求："再迟十天可以吗？不要赶我走。"

李小姐摇摇头："半天也不行，立刻就走。"

小雪见李小姐这么绝情，把目光对准了我，央求道："亲爱的，你胆子小，我还曾给你买过一只秀珍的手电筒，又小巧，又明亮……"

李小姐很厌恶地盯了我一眼，我犹豫了下，把那只小电筒从包里拿出来放回她的手中，心想以后她送的任何东西都不能要。但也不忍心她就这样被赶出去，还是向李小姐说："要不然我先垫付十天的……"

李小姐摇摇头，坚决地说："我这里不欢迎付不起房租的人。"

看到李小姐丝毫不通融的样子，小雪脸上的泪痕忽然就干了，她进房间，很快就拿了足够数的房租出来，放在李小姐的手中，说："现在，我可以继续住在这里了？"

李小姐丢给她一个大白眼，转身进了自己的房间。

我实在不能理解，小雪既然有钱，为什么会不想交房租呢？

因为李小姐对小雪的刻意疏远，小雪似乎又忘记了之前我和她吵架的事，笑嘻嘻地过来找我，甚至还买了整盒的黑巧克力送我。

我看了看巧克力的牌子，买一盒差不多是半个月的房租了。但是因为有之前手电筒的事，我死活是不敢收的，最后她就当着我的面，将那盒巧克力打开，一颗颗地吃了。

呵，这是在报复我吗？

天知道，我多想尝尝那款巧克力的味道。

还好我当时的工资虽然说不算太高，但买盒巧克力的钱还是有的，于是就忍着心痛买了盒巧克力放在屋子里，尝了一个，只觉得那味道如同有穿透力似的，渗透我每个味蕾，然而之后却是有点儿苦涩的。

除了渗透力强点儿，味道也并没有多么好，我将它随便放在了柜子上。

几天之后，我因为工作有点儿太累，还只是下午而已，我就特别想睡觉。但是这样的话，很可能半夜就会醒来，导致失眠，甚至导致第二天不能好好地工作，我忽然想起我还有盒巧克力，听说巧克力是可以提神的。

我进房间打开巧克力的盒子，发现里面只剩下锡纸，一颗巧克力也没了。

又过了几天，我放在抽屉里的零钱包不见了，里面只有几十块钱。我知道是谁拿的，没有报警，下午的时候零钱包被还回来，包里的零钱却没有了。

有时候，我会问小雪："你在做什么工作？为什么你总是在房间里？好像根本就没有工作的样子？

"为什么你抽屉里那么多的零食，还要拿我的零食呢？

"我还亲眼看到，口口声声说没钱吃饭的你，在高档餐厅的窗前吃大餐呢！"

不管我问什么，她都只是傻笑。

月中的时候，我告诉李小姐我会重新找住处。

李小姐没有反对，但忽然说了句："你别怪她，她只是个缺爱的孩子。"

我知道李小姐肯定已经知道了什么，不过我想那已经不重要，就算小雪真的有什么秘密，我也不想探求，因为生活就是这样，忙碌而现实，如果我放纵自己三天，就有可能导致我失去工作，没有工作我就付不起房租、吃不起饭、买不起衣服，我那勉强维持着的有尊严的青春就轰然倒塌。

这样的时候，我实在没有办法给别人过多的关心和理解，我不愿动脑思索别人表层动作下的深层含义，而只愿相信自己眼睛看到的，只愿意去相信，小雪就是我看到的这样一个有钱却不交房租的无赖，偷吃别人的巧克力，没钱吃饭每天都吃方便面，又从来不肯承认错误的女子。

我没有权力和能力改变她，但我可以选择不和她在一起生活。

然而，还没有到月底，小雪的爸爸妈妈就找到了这个出租房。

进来的一男一女看起来都很体面，女的甚至穿着夸张的皮草，我知道那是动物的皮制成的，我对于穿皮草的人向来没有什么好感。

我却没想到，这位穿着皮草、涂着大红唇的女人，就是小雪的妈妈。

当时小雪正捧着方便面吃……

看到爸爸妈妈过来，她猛然把手里的方便面桶向他们砸去。

但不管她怎么反抗，最终还是被爸爸妈妈带了回去，我赶紧去小雪的房间，把她的衣服和零食都收到同一个箱子里，向她的爸爸妈妈递去，她爸爸妈妈很鄙夷地说："这些东西你们分掉吧，我家小雪多的是，就不必带了。"

我和李小姐送小雪到了楼下，小雪被关进车里，她扒在车玻璃上泪流满面,喊着我和李小姐的名字,让我们救她。

那一刻,我真的怀疑小雪是被绑架了。

李小姐拉着我的手,摇摇头,冷静地说:"是我给她爸爸妈妈打的电话,她爸爸妈妈可是我们这里有名的企业家,小雪的这里不太好……"她指指自己的脑袋,"她有病,必须去治疗,只有她爸爸妈妈才能给她最好的照顾。"

……

在外面漂泊太多年,一颗心渐渐地就会成长得坚硬起来。不敢爱,不敢恨,不敢放纵自己的情感。时刻提醒自己一定要理智。仿佛一不小心,就会踩进一个深不见底的深渊,从此这灰暗的人生便彻底失去光明。

下班后,我有三个选择。

或者是在人流中漫无目的地闲逛,看着陌生的面孔从自己面前经过,我不认识他们,他们也不认识我,偶尔对上的目光也都是冰冷。

或者是约两三个好友,去某个便宜又实惠的饭店吃饭聊天,看似热闹,实际上心与心的距离却非常遥远,为了不惹出麻烦,不制造矛盾,我们都说着从网上和报纸上看来的八卦新闻,那些离我们很遥远的人和事,结账时,各出各钱,各走各路。

或者是回到房子里,安静地看书或者发呆,让时光静静地流淌。

当然还有第四个选择,假如你有另一半的话,你的人生或许会出现短暂的与众不同,因为爱情会让每个人都变成最好的编剧。

每个爱情,都有属于自己的故事。

"飘在路上的人,最容易邂逅爱情,也最容易丢失爱情。"这句话是李小姐总结出来的。

一次,她偶然问我现在有没有男朋友,得到否定的回答后,她说了这样的话。我疑惑地看着她,不明白这代表什么。

然而,我知道,李小姐是有自己的爱情的。

有一段时间,我病了。

不得不留在租的房子里休息,因为没有请长假的资格,所以我等于失业了。等我的身体养好了,就要重新去找一份能使自己在这座城市的角落继续生存下去的工作。

养病期间,是难得的闲暇。一些曾经没有注意到的事,现在也注意到了。

每天下午六点左右,有一辆漂亮干净的车子停在楼下,李小姐会接到一个电话,她从来不接,只是任手机响两下。

接着她便打扮得漂漂亮亮的,从容下楼,进入那辆车子。我从窗户看下去,隐约看到车里坐着一个很体面的男人。

我心里想着,如李小姐这般漂亮的女人,理应有个优秀的男人爱她。可是她为什么还要住在租的房子里呢?虽然仔细想想,这房子条件也不算太差。

因为要吃一段时间的中药,所以有一段时间我就在阳台上熬中药,熬药的时候把阳台通往房内的门紧闭,将阳台的窗户打开,让药气从阳台窗户散出去。饶是如此,房间里依旧留下了淡淡的中药味,我以为向来对居住环境要求比较高的李小姐会反对,可是她并没有多说什么。

有一晚,我正在沙发上看电视,她回来了,脸上挂着微微的笑意,将包扔在沙发一角,很自然地坐在我的身边,一只手将我的下巴扳过来面对着她,虽然都是女性,但对她这样的举动,我还是不由自主地脸红了,有些羞赧地拨开她的手,问她:"你怎么了?是不是喝醉了?"

我的确在她身上闻到浓重的酒味。她摇摇头说:"我没醉。我就是在看你,看到你就好像看到小时候的我,我俩很像,我像你这么大的时候,也在出租房里自己熬中药喝,家人甚至都不知道我生病了。"

我淡淡地应了声,在外面久了,便觉得一切本该是这样,虽然也希望身边有人照顾,但有时候这淡淡的奢求带来的矛盾和麻烦甚至比一场瘟疫更可怕。

李小姐说:"你知道天天来接我的男人是谁吗?"

我摇摇头,笑着说:"那肯定是个有钱人。"

她又说:"你心底里是不是很看不起我,你知道像我这种岁数,找一个合适的有钱人肯定是不可能的,因为有钱的年轻男人,喜欢像你们这个岁数的小姑娘;而与我差不多岁数的有钱男人,都已经有妻子儿女。我的男人有家室,你明白了吧?"

李小姐接着说:"我是他的地下情人。"

她还说她有好几处房子,之所以住在这栋房子里,还把剩余的房间租出去,是因为害怕寂寞。如果没有人陪着,她会在夜深人静的时候发疯,会崩溃,会控制不住地想那个男人及他的一切,会想到他在自己家里与他的儿女和妻子相处的情景,她会想永远和他在一起。

这念头如同疯长的藤萝,将她的脑子填满,让她变成魔鬼……

这意味着她快要控制不住毁了现在的局面,毁了所有人。

原来她既是这个房子的租客,也是这个房子的房东。

原来她是所有结过婚的拥有家庭的女性都很痛恨的"小三"。我看着她的目光,由起初的羡慕变成了同情,最后变得冰冷。

可惜,这么低廉的价格,一个拥有阳台的房间,还有那么多免费欣赏的鲜花,况且我还是个病人,需要继续吃一段时间的中药。我不能离开这间房子,我沉默着,却在心里认为她是个不知自爱的女人,已经毁了自己的一生。

  幽闭的思绪,隔世的情语,如同独自一人走在荒野上,尘埃起,将我淹没,眼前却是灵魂厮杀的战场,血迹斑斑的往昔,就好像这一世的孤独,永没有尽头,时光的暗处,红颜无声凋零,我早已经状若癫狂!

这是她酒后我送给她的诗。

我希望这像一把启示的锤子,能照亮她的前世今生,让她幡然醒悟。她看了后,却欣喜地说:"你写得真好,我要把这个让人用毛笔字写出来,裱好挂在我的房间里。"

过了几天,她果然将这几句话找人写了出来,裱好在一个框子里,却在后面加了这么一句,使这段话的最后变成这样:"……我早已经状若癫狂,愿用一世的眼泪,换取这一刻的欢愉,哪怕最后燃成灰烬,依然不悔。"

我哭笑不得地看着这个被裱起来的框子,意思已经完全变了,她笑嘻嘻地说:"我已经把它变成了我的绝世情诗,这还要谢谢你。"

她并没有将它挂在卧室里,而是挂在被花木占据的大阳台上。

看着那框子在花木中若隐若现,倒像是李小姐藏在那里，向我偷偷地笑。

我和李小姐到底算不算朋友呢？我想是不算的。我们彼此轻视。

我喝了整整一个月的中药，病似乎渐渐地好了。

可是去了医院后，下午又拎回一大袋子的中药。推门进来后，发现她竟然在房子里，平常这个时刻，她差不多已经出门了。

看到我手里的中药，她轻轻淡淡地说："我最近也病了，不能吃西药，想用中药调理身体。不过，我是不会去自己熬药的，我要让爱我的人给我熬药。"

我坐在她旁边，认真地看着她，问："你说的那个爱你的人，是不是那个人？"

她歪着脑袋耸耸肩说："还能有谁呢？"

"你不怕他带着一身的药味，回到家里的时候被他的老婆和孩子闻出来，引起他们的怀疑，最终把你这个'三儿'给揪出来吗？"

"你叫我'三儿'？！"她恼怒了！

"那你是不是呢？你准备什么时候抽身出来？"

我很严肃，好像她是个特别不懂事的孩子。她静静地看了我好久，忽然说："今天我替你熬药吧。"

我摇头拒绝："不必，我自己熬就行了！"

她说："你就让我给你熬吧，让你感受一下，有人替你熬药时，那种感觉是完全不同的。"

那天她果然就很耐心地替我熬药，而她把她的电脑借给我，让我上网看电影，当我看到第二部电影时，她已经熬好了药，还很细心地用纱布将渣子过滤了，温热的时候端到我的手中。

喝着那碗药，我的确有不同的感觉。有人替我熬药真好，那药似乎不那么苦了，当她把药碗递到我手中的时候，似乎有种很柔软的东西拨了下我的心弦，让我在那一刹那不那么坚强。

可惜的是，在我喝完药后，嘴还没有抹干净，她忽然告诉我她怀孕了！

我愣愣地看着她，实在不知道说什么好。

她又说："我要把孩子生下来！"

到了这个时候，我只能木然地祝福她。

第二天，她离开后，好几天都没有回来。又过了几天，我接到她的电话，说她已经在别的房子里安顿下来，在那里享受着甜蜜的二人世界。让我务必要继续住在这栋房子里，只要有空的时候帮她打理下那些花花草草就行了。

我同意了，我的确舍不得这里。

她的房子我是没有权利租出去的，所以后来的半年里，我独自住在这栋大房子里，难得这般清静，有时候与她通电话，知道她的肚子越来越大，而且那个男人依旧对她很好，每天都亲自给她熬中药，她的病早已经好了，只是他说中药是调理气血和补充营养的，可以让她和孩子更健康，生出来的孩子更聪明更漂亮。他还说会与原配离婚，等她生下孩子就和她结婚。

我和她其实都清楚，这不过是那个男人的谎言，只是到了这时候，我们都只能选择相信。

她每次都会问我那些花花草草都还好吗，我每次都回答它们很好，她就长吁口气："有你照顾它们，我很放心。"可下次打电话来，还是要问这个问题。我觉得她非常想回到这栋房子里，她骨子里似乎已经有点儿不喜欢她所谓的二人世界了。

在她怀孕七个月的时候，有一天外面正下着大雨，我下班回来站在窗前往下看，人流中一把把颜色各异的伞遮住了人们的脸，心里忽然感到孤独，很想在这样的时候，和谁共挤在一把伞下。

我想一定是最近看的书太多了，在李小姐不在的时候，她书房里的书被我"借阅"了，很多关于爱情的小说，也有一些诸如《根》《简·爱》这样的译作，看得多了就无端地生出许多感慨，对于眼睛里看到的世界，多了不该有的期待。

如果有个人，现在在楼下等我……

如果他约我去看电影……这样下雨的日子，最适合看电影，或者我们一起找一个高处的茶馆，一边烹着茶，看着雾气从壶口袅袅，一边看着窗外的行人匆匆而过……

整个下午的时光，不是特别有趣，但一定不是无趣的。

在这样憧憬的时候，我接到了李小姐的电话，她闷闷地说："你能来我这儿一下吗？而且你可以提前把这个月的房租交给我吗？"

我觉得她是遇到困难了，否则不会要我提前交房租。

我带了房租三倍的现金，到了她现在所住的房子里。

房子里家具不多，很简洁、干净，墙壁上绘着大朵盛开的玫瑰，很夸张。她笑笑说："这原本是他给我的爱巢，所以用了玫瑰，他喜欢。你看这花艳的，让我种点花木在阳台上的兴致都没有了。"

她这么一说，我才想起来少了什么，她这么爱花的人，这房子里却没有花。

她的肚子已经很大了，面色有点儿苍白，精神看起来很不好的样子，发现餐桌上盘子里的残菜像是前一天的，就问她是否还没有吃饭。

她点点头，苦涩一笑，缓缓道："吃不下。"

我正好也是买了菜过来的，去厨房把锅揭开，却发现里头煮着十几个鸡蛋。

"这是——"我疑惑地把目光投到她神色不自然的脸上。

她说:"这是我三天的饭。"

我瞪大了眼睛,而且有些愤怒……她怎么可以这样对待自己!

那天我下厨给她做了一顿比较像样的晚餐,她拿起筷子像好多天没有吃过饭似的,没有形象地往嘴里塞着饭菜,等她完全吃饱喝足后,我才问她到底是怎么回事。

她本来正在剥鸡蛋,忽然将鸡蛋扔在地上,大哭起来……

原来早在一个多月前,她已经和那个男人分手了,原因就是他不肯和原配离婚与她结婚。

她是靠那个男人供养的,因为自己有孩子了,所以更加笃定男人会养她,之前就没有在钱财上留心,结果等他走了,她才发现自己没钱了,除了我租的那栋房子,她已经什么都没了,现在她住的这栋房子还是男人的,她之所以还留在这里,就是不想太便宜那个男人,一定要闹出点儿什么才行。

我也不知道说什么好了,事情发展到现在,其实是预料之中的,以前她自己肯定也想到过这样的结果,不过是心存侥幸罢了。

就算是分手了,这样苦着自己也不行,况且再有两个月,孩子就要出生了,没人照顾她显然是不行的。

我劝她回出租房里,至少我可以照顾她。

她却固执地要留下来,这是他的房子,如果她走了,就会有别的女人住进来。她咬牙切齿地说:"就算死,我也要死在他的房子里。"

我劝不了她,只好把我带来的钱放在她手中,孕妇就算不能得到很好的照顾,可至少应该把自己的肚子喂饱,而且我觉得那个男人是不可能回心转意了,生孩子及孩子生下来以后的生活都很需要钱,我于是告诉她,我可以替她去信息公司打个广告,把她唯一的那栋房子,就是我租住的那栋房子给卖了。

她头摇得像拨浪鼓似的,有点儿急地说:"我已经什么都没了,房子是我的唯一,我再怎么闹腾,所有的难关总会过去的,但是卖了房子,我就连容身之处都没了。"

我能力太低,实在帮不了她更多,回到出租房里,总觉得忧心忡忡。

然而过了一天再给她打电话,她却语气淡漠地表示能照顾好自己,而且钱也算是抵了房租了,后面的三个月我不必再交房租。

这样生分的态度,我也的确不好再干涉了。

过了十天左右,我非常担心她,便去看她,发现门却锁着,似乎没在家。我以为她去买菜了,又在楼下等了一个多小时,直到天快黑了还是没回来,打电话又不接,一个大肚子的人不好好休息还跑来跑去的,还不接电话,真是不让人省心啊。

我最后再打了一次电话，接电话的却是另外一个人。

电话里的那人得知我要找的是李小姐，郁郁地说："她已经去世了。"

我觉得这个消息，让这个世界都变得不太真实，上次见她还好好的，虽然脸色有些苍白，没吃好休息好的样子，怎么会忽然病死？

我想我是不是还在客厅里的沙发上看电视，看着看着睡着了，从梦里来到这里，得到了这个过于玄幻的电话。

然而，等我冲回出租房，洗了个热水澡后，我再把电话打过去，再次确认，才知道这事是真的。

怀孕近八个月的李小姐，去世了。

后来，在我有意地打听下，断断续续地得到了些消息。

李小姐肚子里的孩子是个儿子，母子双亡的原因可能是她喝的中药不对，药里有问题。药是慢性毒药，等到那一天，忽然发作，心脏像被揪住似的不再跳动，瞪大眼睛倒在地上，只是在临死之前拨通了她妈妈的电话。

以前因为她妈妈总是责怪她不好好地过日子，三十岁的女人了，也不知道为自己的生活打算，发生的争执太多，她就从那个家里走了出来。

从此就这么孑然一身，好像凭空冒出来的人一样，没有家，没有爸爸妈妈，孤单而骄傲地活在世上。

只是死的那一刻，骄傲忽然被放下，跟妈妈报了自己的地址，又说："妈妈，我好想你，对不起……"

她妈妈赶到的时候，尸体都已经冰凉了。

我依旧每天给阳台上的花浇水，花是越开越艳了，可惜自她走出去的那一天，竟没有再回来看一眼。阳台墙壁上那首裱好的情书，还在那里，透花高大的花木，像个羞怯又激情的小姑娘，目光潋滟地透过叶片间，往阳台之外的地方看去。

某天晚上，我似乎梦到了李小姐，她如往常一样，推门进来，然后打开电视，边拿了卸妆油在脸上按摩。

我从自己的房间走出来，叫她的名字，她恍然未觉，之后也不去把脸洗干净，直接进入了自己的房间，打开抽屉，抽屉里似乎有一本日记。

我蓦然惊醒，外面正在下雨，窗户没有关，潮湿而冰凉的风，灌了满屋子。

我觉得李小姐或许真的回来过，跟着她的指引，到了她的房间，她不在的日子里，我偶尔进入替她扫去灰尘，房间里的一切还保持着原来的样子。打开梦里出现过的抽屉，果然那里有一个笔记本，咖啡色的封皮，上面印着一簇黄色的野菊花，本子是用密码锁锁住的，十个数字排列在笔记本的右侧，如果按下的数字不对，是打不开本子的。

我试了好几组数字，她的生日、门排号，还有情人节号码等，都没有通过。忽然想起来，有一晚她打扮得很漂亮，说是要去替那男人庆祝生日，可惜最后却非常沮丧地回来，原来那男人最终还是留在妻子身边过生日了。

我印象比较深刻是因为那天是周六，而我大约记得那是几月，于是将那月的每个周六的日期查出来，一组组地试过去。

最后，笔记本"啪"的一声打开了。

然而我坐了很久，还是没有翻开笔记本，她虽然不在了，但我却没有权利看她私密的东西，但是我觉得，有一个人是一定要看看的。

用密码保存着的一定是她那颗爱他的心。

隔天，我将笔记本用快递的方式，寄给了她生前爱着的男人。

她的丧礼一直没办，可能是因为做了尸检，孩子终于从肚子里剖出来，一个成形的婴儿，可惜还是没有机会看一眼这个世界。

这样的惨状没法举行一个正常的丧礼，况且李小姐的妈妈，早在她去世的第二天就将案子报了上去，没费什么力气就查到了李小姐的情人，可是因为那人的影响力和社会舆论等方面的原因，事情要处理得极慎重，两个多月里没有什么消息传出来。

李小姐的妈妈发誓案子一日不结，李小姐就不准火化；

作为妈妈，一定要给女儿讨回公道。

这样又过了一段时间，我的租期已经快到了。

李小姐的家人还没有过来，不知道这房子将会怎么处理。

我默默地收拾自己的行李，早在半个月前已经找好新房子，虽然还是拼租，而且经过几次的实地查看，发现新租友们也都不是好相与的，就如同当初的小雪，不过那有什么关系，反正走在路上，总会遇到各种各样的朋友，或许在他们的眼里，我才是个怪人，是个奇葩。

李小姐的妈妈赶在我离开之前，到了房子里，打开门发现我，还是很吃惊的，没想到女儿的房子里住着其他人，可是过了片刻，她就释然了，问那个笔记本是不是我寄给那个男人的。

因为那个笔记本，将那个男人折磨得崩溃了，已经承认了是他在李小姐调理身体的中药中动了手脚。

我倒是很意外，没想到笔记本寄出去，会有这种效果。

她又说："那个男人以为笔记本是死去的我闺女寄出的。"

我才想起来，当时寄的时候，想到如果写上我自己的名字，似乎不那么好，所以就写了李小姐的名字（当然我已经知道李小姐叫什么名字了），只是为了方便而已。

我相信，一个成功的男人，是不会相信鬼神之说的。

那个男人自首，不过是因为过不了自己良心那一关。

想必笔记本里，写满了对他的期待和爱。那爱，必然带着决绝与不顾一切；那爱，必然深沉到使他不得不拷问自己的灵魂。不过他的幡然悔悟，也不过是另一个依赖着他的女人痛苦的开始，这样的悔悟也只是做给别人看，为别人敲响警钟。于自己、于身边的人，毕竟也没有什么帮助。

所谓亡羊补牢犹未晚，并不适于每个事件。

有句很流行的话说：爱情是在对的地方、对的时间，遇到对的人才可以。如此这般，一段感情才至少是对的开始。

肚子里有个饥饿的鬼

20 世纪 90 年代中期，我们这里流行过一阵子红色的马甲和红色的灯笼裤。马甲就是当年常在香港电影中出现的一种服饰，掐着腰的，类似于无袖骑马服的衣裳。不过电影里倒是鲜见红色的马甲。灯笼裤就好像现在的阔腿裤，只是脚腕处束成灯笼的形状。

说来这两件衣裳的确是非常神奇，女的穿着漂亮妖娆，男的穿着则有种别样的帅气，至少以我当年的目光欣赏，觉得男人穿成这样当真是好看极了,就好像热烈的太阳般吸引人。当然我指的是极年轻的男人。

第一次见到男人这样穿的时候,我直接震惊了。因为不是一个人,而是八个人。他们每人都骑着一辆二八自行车,都穿着红马甲和红灯笼裤,每个人都是光头,在阳光下特别扎眼。

其中就有我的表哥,他的名字叫新生,仿佛是为了呼应他的名字,很多年以来,他的行为都很是离经叛道,让人大跌眼镜,比如忽然剃成光头,与其他几个兄弟组成红衣光头团,八个人占满了马路,齐齐地往前飞驰而去,特别拉风。

表哥不爱学习,到现在大字也不识几个,但是他并不是不学无术,他会的东西可多了,但多数也与吃有关,毕竟食物在人的生命中,占的比重无法用语言来形容,没有食物就没有生命。表哥虽然不学习,但是有一席话经常挂在嘴边:"生活,不仅是为了生存。如果仅是为了生存,为什么不让自己过得好一点儿?低级动物天生是要被高级动物当作食物的,这是上天的安排,咱们不能逆天而行吧?"

当地人给表哥他们这几个疯子起了个名字,叫"光头混蛋党"。但他觉得这个名字难听死了,他说他们这个小队伍是有名字的,叫作"猎手"。

他问我:"你知道猎手是什么吗?"

不等我回答,他就把一只干核桃握在手中,然后两只手"啪"地拍在一起,再展开,核桃已经碎了,他把核桃仁捡出来塞在我的口中,说:"猎手,就是有力量的人!"

有一年,雪下得多而厚,大人孩子都躲在炉火旁嗑瓜子闲聊天。

表哥却带着他的一位朋友,骑了一个小时的自行车,来到我家。他手里还提着根短粗的棍子,进屋后,我才发现他衣裳单薄,这样冷的天气,别说是棉袄了,他连毛衣都没穿,就穿了一件背心,外套是件人造革的皮夹克,一条宽大的裤子,走路带风,当然也没戴手套,只在光头上绑了一条窄围巾。

我们都害怕他冷,他却最怕我们问他冷不冷,好像若问这个问题,就是对他的不尊重。

我觉得表哥手上肯定要冻出疮来,我的手上就有几个。

表哥注意到了,告诉我说:"明天你就有兔毛手套戴了,以后你的手上就不会再有冻疮了。"

他在屋子里待了一会儿,就要和他的朋友走,说要去打猎。

"打猎?我也要去!"我一听来了精神。

表哥犹豫了下,还是带着我去了。

这是我第一次参与所谓的打猎活动。

夏天里无尽的庄稼绿野,在西北的冬天里,变成了一块纯白色的糖糕,厚厚的绒绒的映入眼帘,大而阔,望不到边际。表哥和他的朋友把自行车停在旷野上,然后一人手里提着根棍子往旷野里走去,我撒开腿跟在他们后面,看着他们的背影,觉得他们像武侠片里的侠士,也像准备与敌人决斗的英雄。

天气很晴朗,雪地上的光反射出来,五颜六色,晃着人的眼睛,然而并不能感觉到太阳的温度,那光虽然美丽,但更使人寒,像一支支寒冷的小箭刺向身体最深处。

我冻得缩起了脖子,有点儿后悔跟来了。

他们走走停停,仔细观察着雪地上残留的各种痕迹,比如野鼠爬过去的爬印和小鸟停留过的痕迹,这些都不是重点,今日他们的目标其实是兔子。据说它们的脚印是前面两个大脚窝,后面一个大脚窝,这跟兔子是跳着往前行动有关系,所以特别好辨认。

我们在旷野上行走了大约两个小时,毫无收获,而我强烈地想要回家,开始赖在后面不再往前走。

这雪地上实在也没什么好玩的,而且雪又那么厚,深一脚、浅一脚的,雪都灌在了鞋子里,又湿又冷,为了平衡这种冷,我抓了一把洁白的雪,捏成小小的白团子,塞在嘴里含着,让那雪水慢慢流进肚子里。

这就和夏天的冰棍一样,只是没有冰棍的甜味。

就在我快要坚持不下去的时候,远处的表哥和他朋友忽然迅速地跑了起来，他们行动极为敏捷，我第一次把人的行动和豹子联系在一起，而且他们大声地吼着，像是突然出现了突发状况，听着让人心惊肉跳，一时不知道到底发生了什么事。

接着只见他们手中粗短的棍子被粗暴地甩飞过去。

一次不中，只见他们拾起棍子继续甩，因为离得太远，我看不清他们到底在打什么，也或许是因为兔子的白色和雪的白色融为一体。总之，他们如此反复地扔出棍子好几次，疯狂地奔跑几百米后，终于停了下来。

然后两个人躺在了雪地上，成大字形。

好一会儿，才见他们又起来，然后往我这边走来，等走近了我才发现表哥的手里提着猎物，原来是一只染了血的白色兔子。兔子肥且大，它的头部中了棍子，此时眼睛紧闭，口中还流着血，一路走，一路滴血，雪地上滴了一串血迹。

表哥将手里的兔子往我面前递，得意地说："看，你的兔皮手套来了。"

我不敢细看，扭过头。

表哥的朋友建议再继续去打一只，表哥说："今天算了，妹儿要冻坏了。"

……

回到家里，我赶紧偎到炉火旁，弟弟让我讲猎到兔子的过程,那过程我想起就觉得可怖,不愿复述,只是拽拽地说不知道!

我心里觉得有点儿对不起那只兔子。

猎到的兔肉是用自己家腌的咸菜炒的,一屋子的肉香,让所有人都很满意。

吃完饭后,表哥懒洋洋地半躺在床上,给我和弟弟讲述他曾经更英雄的事迹,打个兔子算什么,他还抓过比人还长的蛇。

我听不下去了,跑到另外的房子里看那张兔皮。

兔皮这么完整,可真是得来不易啊。

表哥先将兔子挂在铁丝上,为了完整地将兔皮剥下来,他可是费了不少心思,仔细地从兔子的头部开始剥皮,一只小小的兔子,本来两三分钟就可以将它开膛破肚,但那天光剥皮就剥了近一个小时,最后剥下了完美的一张兔皮。

洗干净上面的血渍后,抹了些盐放在没有炉火的房子里阴干、脱水,过了些天这兔皮被拿到火墙上烤,烤好后,我妈拿出针线把四肢的地方缝好,把两头修饰好,形成一个完整的筒状物,然后拿根粗绳子坠上,挂在我的胸前,让我试试绳子的长度,我把两只手都塞进这个筒状物里,因为内皮在外,兔毛在里头,所以感到里头的确挺暖和的。

那年冬天,我手上没再起冻疮。

我早听大家说,表哥这人爱吹牛,所以他讲的多数亲身经历的打猎故事，我都不太相信。比如蛇，我也见过蛇，小时候我们这里有不少蛇，大人们常把它们称作长虫。

在夏秋交接之时，天气还是很炎热的，蛇开始很频繁地出现了。我们这里有许多断了链的小沙丘，沙丘原本是沙漠的一部分，沙漠有一天变成了绿洲，遗下这一小片一小片的沙丘。

而这些沙丘上就会有蛇频频出没。

表哥抓蛇的方法也很奇特，他会在没事的时候跑到沙丘上，找一个附近有蛇爬过的痕迹的地方躺下来，然后双眼望着蓝天、白云，就那么静静地等着，一躺就是好几个小时。别人问他躺那儿干什么，他就说沙子滚烫能治疗关节炎，别人笑说他年纪轻轻哪儿来的关节炎，他也只是笑笑便不说话了。

路过的人走了，他继续躺着。说不定什么时候，他就会一跃而起，一眨眼的工夫，就见他手里抓着条蛇，然后用力一甩，好像这么一下，蛇的骨头能甩脱位，软塌塌地任他像拿着条绳子般带回家。

我猜想，这种方法成功的概率应该不大，或者也就偶尔成功了那么一次吧，毕竟带着强烈的偶然性，等同于守株待兔。不过怎么抓住的蛇，其实并不太重要，关键是有人碰巧去他家聊天，就赶上他家的午饭，桌子中间就放着炖好的一大盆蛇肉，表哥是个好客之人，自然要请人家上座一起吃，据吃过人的说："那肉，别提了，香得能让人恨不得把自己的舌头都吞掉！"

当然，那蛇肉到底什么味道，毕竟尝过的人太少，所以表哥还是有过人之处的。所以，表哥虽然光头了好几年，还爱穿奇装异服，但还是遇上了爱他爱到死心塌地的女人，这个女人后来成了我的表嫂。

后来听表嫂跟大家聊天，才知道表嫂正是被表哥那些奇特的打猎故事给吸引住了，就非他不嫁了。他们二人的爱情也的确是很惊天动地，差点儿成了我们那儿的传奇故事了。

而我亲眼见到的一件事情是，表哥带着表嫂来我家约会，不知道为什么还是被表嫂的父亲知道了，因为表哥被表嫂的父亲认定为是混混，于是坚决不让表嫂嫁给他，所以他将表嫂拽到屋外，一步一棒地打回了家，据说那根棒子都被打断了，表嫂在床上躺了好几天都起不来。

但即使这样，还是没拦住表嫂嫁给表哥。

后来一年年过去，证明表嫂的眼光其实还是可以的，表哥虽然没有什么钱，但是二人的日子过得红红火火的。

我最后一次吃到表哥狩猎的东西，大概是在十七岁的时候。

那时候他已经娶了表嫂。表嫂很能干，家里布置得很温馨，小日子过得和和美美的。表哥年龄逐渐增长，对于自己曾经是猎手的身份依然念念不忘。

我一进他家的门,就听他说:"你口福好,今天我正手瘾犯着,我给你打鸽子吃!鸽子可是很补的,女孩吃最好。"

我笑他又吹牛,这鸽子可是天上飞的,如何能打到?

他也不多解释,只抓了一把麦粒,出去往院子里一洒。

表嫂出来看到,笑骂了一句:"有病,每天用自家麦子喂别人家的野鸽子!"

她话音刚落,我就看到果然一大群鸽子不知道从哪里飞来,"咕咕咕"地叫着,争先恐后地低头吃地上的麦粒,对于表哥是没有一点儿防备之心,这也可知道表哥的确是天天或者经常喂这些鸽子。

然后我看到表哥往前跨了一步,他的动作还是惊动了那些鸽子,鸽子们呼啦一下飞了起来,表哥拳头疾风般的出击,一拳打落了一只刚刚飞起来的鸽子,然后悠闲地弯腰将那只被打蒙的鸽子捡起来,回到屋里拿了盆水,将鸽子的头放在水中使它不能呼吸,嗯,他杀了它。

表嫂将鸽子炖了,到傍晚的时候才出锅,表哥用一只小盆将鸽子整个端过来,让我吃。

一时间,我的内心有些复杂。

因为那时候,我知道我将远行,下次再见面不知道是何时,我想我会想念我的猎手表哥和温柔多情且坚强的表嫂。

我想，表哥应该是我们这里最后一个猎手了。

他打猎的手法那么直接而笨拙，却又有些说不出的智慧，又是那么威风。

虽然他有很多失败的经历，比如去河里捕鱼的时候，差点儿淹死在河里；比如去打野獾子，獾子没打着，弄了满身的沙子，灰头土脸地回来，因为被人嘲笑，而拿着毒药瓶子躲在玉米地里不出来，害得全村人出动去玉米地里找他。

他说那次的事对他的打击真的特别大，他是真的想要自杀。

没有一个人相信他的话，因为没有人会因为打不到一只獾子而自杀。然而我却信了。因为让一个真正的猎手，承认他曾经狼狈地失手过，是一件很艰难的事情。是的，无论如何，在我的心里，他就是一个真正的猎手。

沙漠和红柳

十七八岁的时候，有一次和几个相识不久的朋友出去野餐，大家都没钱，所以各自带一点儿能带的吃食，到了地方铺一块花布床单在地上，把吃的东西都拿出来一一展示,然后大家一起吃。

其实吃什么不重要,主要是氛围到位。

那一次,我们去的就是附近的一块红柳地。

红柳一簇簇地分布在一大片沙漠边缘处,没有进入沙漠腹地。沙子很薄,似乎只是在普通的土地上铺了一层细沙。

就是这么一层细沙,却充满了童趣。

那些奇怪又好看的爪印,还有鸟叼来的干燥的种子,还有一些早就干掉的贝壳类动物尸体,也许是蜗牛,或者是海螺,可是为什么它们的尸体壳会出现在沙漠中?我实在是不知道,但是确实存在。

我们甚至以捡拾到这样的壳子为意外收获和可以炫耀的资本,有人带回去放在瓶子里当摆设,将当天的集体活动永远留在记忆里。

这片红柳地约有上千亩,站在高处看,像一小片红色的森林。走入其中,就好像爱丽丝进入了仙境。脱下鞋子踩在细细的沙子上,从刚刚高过人头顶的红柳丛中小心翼翼地穿过,就有一种走在异界的奇妙感觉。

老人们说,红柳皆不成材,是花木里最没骨气的。因为它不像花草般,展现出柔弱之姿,但也不像高大的树木般那样有神采。它们就像一群有筋骨但没傲气、有颜色但没姿态的倔强少女,让人爱,但也仅爱一会儿,看多了就腻。

在我们本地，甚至有红柳娃娃和红柳小妖的传说。

红柳那纤细又柔韧的身姿，确实很像一群被抛弃在野外的倔强少女。它们的茎是红色的，花也是粉色偏红的，一簇簇，美得不招摇，但又另类，散发着淡淡的异香，那是和其他花木完全不同的香气。

当一个人走在其中，周围很安静，闻着红柳和沙子混合的香气，我能感觉到红柳是高贵的，它们让我变得恬静，变成它们怀抱里柔顺的小兔子。

它们的世界包容着我，让我在里头肆意享受着别处享受不到的美和自由。

可惜，我不敢一个人走进红柳林里，我怕真的有红柳娃娃，真的有红柳小妖。

我曾经也在一片红柳中，看到过两座旧坟，就那么突兀地出现在红柳窝子里，真的吓得人三魂出窍。

所以，我真的不敢一个人去红柳林。

大家一起去的话，当然是为了吃红柳签子烤肉。

嘈杂的欢呼声中，有动作麻利的同行者，就地折取新鲜的红柳枝，又因为红柳的韧度极高，徒手很难折断，搞不好还会伤人。所以有经验的人，不会徒手做这事。

他们早就准备好了从小摊子上买的俄罗斯小钢刀，刀子上有非常巧妙的机关，轻轻一按，"啪"的一声就打开了。

锋利的小刀很轻易就可以切断红柳的枝丫，顺手再修整一下，一头削尖，就成了一支可以串烤肉的红柳签子。

男人们会拿着做好的红柳签子回到红柳林中间较为空旷的沙子地上，女人们已经把肉拿出来，把烤炉里的炭火也点燃了。

当然，这炭火是绝对会远离红柳的，并且离开的时候也会把炭火深埋到湿的沙子里，这已经成了习惯。

女人们围坐在一起，把提前准备好的肉片串在红柳签子上，然后再递给男人烤。

这对于女人们也是难得的享受时光。

有些人撑起小花伞，把上半身藏在伞下，露出腰和腿，埋在细沙里晒太阳，说是可以治疗关节炎；有些人则喜欢去近些的红柳林里探险，比如我。

我通常会拿上几串烤肉，边吃得满嘴冒油，边在红柳林里的浅处穿梭。

红柳林里是有好东西的，比如蘑菇、野鸡，甚至还有长虫。

这三样，都是能吃的。

我最喜欢的鸡腿菇，恰好就喜欢长在这样的沙子里，长在红柳林里。我去里头逛，不单只是为赏风景，感受大自然的魅力，还为了自己这张老犯馋的嘴。

找鸡腿菇是个技术活。那个地方最好是有红柳林的，而红柳林最好地处在不高不低的地方，最好在阳光下，能遮出一片碎碎的光影，恰好覆盖那片地方，而且那片光影必须是稀疏的，不可以完全遮住阳光，又不能使阳光太烈地全部照在那小片土地上。同时，最好不要完全是沙子，而是要有土的成分，比其他地方要略微硬一点儿。

所以，它经常是从这样的沙土里钻出来的，把沙土顶成一小片虚土的样子，好像头上戴着盖，但若不注意，很可能就看不出这片"盖"和旁边沙子的区别。

有经验的人，会蹲下把这盖给掀掉，就能看到里头藏着一片白白嫩嫩的鸡腿菇。

鸡腿姑之所以叫这个名字，是因为它真的很像一只只肥白的大鸡腿，连鸡腿上的皮肤都被它模仿得一模一样，鸡皮肤是啥样它就是啥样。

我欣喜地采下来，拿到烤炉前，用水那么略微地清洗一下，然后串在红柳签子上烤。

怎么说呢？那味道就是香。

比肉还香。

所以我是奔着蘑菇去的。但是有一次，有人居然在红柳窝子里抓了一只野生的芦花鸡，还是公鸡，实在让人意外。

抓鸡的人，我们就叫他山药蛋吧。山药蛋人如其名，圆圆胖胖的，皮肤被晒出一层层干皮，不注重保养，整体看起来确实像个山药蛋。

他抓着鸡走回来的时候,满脸骄傲,大喊着:"嘿,大伙,咱们今天要开荤了,今天要吃得美美的。"说着就要拿出俄罗斯小刀,把鸡杀了。

同行的二羊说:"这地方怎么会有这样的鸡?莫不是附近有新坟了?"

我听到"新坟"二字,顿时紧张了下,二羊说:"如果有新坟,坟上是有献祭的鸡的,必然还是公鸡,那我们得征得坟主人的同意才能吃这只鸡。"

我忙说:"那不吃了,还是不吃了,赶紧放了吧。"

山药蛋仔细检查了一下鸡,确实鸡脖子处有伤,应该是当时杀了一刀祭坟的,但是不知道鸡命大还是怎么的,居然没死。

但山药蛋怎么可能放了到手的鸡肉?跟二羊说:"这样的话,该怎么做?"

二羊说:"找到坟头,磕三个头好了。"

就这样,大家结伴去找新坟。

这片红柳林我们一年至少来个几次,算是常客,也有些坟墓确实隐藏在红柳林里,但是我们经常来的这片新坟还是较少的。因为靠近路边,来往车辆较多,不算安静的地方。

我们沿着柳林边缘走了一阵,还真看到了一座新坟。

坟墓上的幡还没有落，只不过比较低矮，又被红柳遮挡，第一时间才没有看到。坟前确实设有供台，从坟墓的规格和供台来看，亲人们还是比较注重墓里之人的。

山药蛋把鸡放开，那鸡很熟练地到了供台处，这边啄一下，那边啄一下，供台上还有些散落的糕点残渣。

这只鸡之所以没死，应该就是吃供台上的东西，再者红柳林里也确实不缺什么吃的。

山药蛋跪下就磕了几个头，向墓碑的方向说："您老人家高寿，心善又宽容，这鸡放在这里浪费了，不如填了我们这群年轻人的肚子吧，也是您老人家最后爱这个世界的机会了。"

山药蛋边说边忍着笑，可旁边其他人都没笑，山药蛋也忍住了，直接磕了三个头就起来了，其他人也都磕了三个头。

这鸡反正落到我们手里，不管怎么样都得吃了的。

没一会儿工夫，山药蛋就把鸡杀了，拔了毛，烧了毛根，弄成块，穿在红柳签子上上烤炉了。

人多胆子大，吃的时候并没有谁能拒绝这美味，内心毫无负担。

所以年轻人的胃，真的，可以装下一切可吃的东西，并且没有饱的时候。我们从上午玩到下午，其间一直在吃。

逮到什么吃什么，后来有人说：听说红柳的根下面，会长一种叫肉苁蓉的东西，很值钱，应该是一种很有营养的东西，挖来吃吃也好。

于是山药蛋去挖了半天，也还是一无所获，累得躺在沙子上大喊："你们都是骗子，骗我的对不对？那东西真能长在红柳的根上？"

没人回答他。

那时候我们这群年轻人都很傻，很多事都是听来的，根本没有真实的依据。

后来才知道私挖这种药材，其实是不对的。

幸好那时候没挖到。

天快黑的时候，也是红柳林最美的时候。

我站在沙子上，看着夕阳的道道金红色的光芒，将红柳林染成世间难得一见的异样绝色，我舍不得移开眼睛。

连山药蛋也默默地点了一支烟，坐在车盖上，一边吸烟一边欣赏着夕阳和红柳。

二羊走过来想牵我的手，我躲开了。

这样的环境里，任何世俗的感情，似乎都变得不重要了。

二羊后来和我讲，他想在这片红柳林里创业，申请种植肉苁蓉。不过后来这事并没有成功，再后来，二羊也去了别的城市打工。我再也没见过他。

有时候我想,他们中是否还有人记得这片红柳林?是否还有人记得我?

有时候我又觉得这些都不重要了,记得又怎么样呢?再见面,也都不是那时候的懵懂少年了,万一日子过得都不如意,见了面得多尴尬。

毕竟当时在红柳林里可是吹了不少的牛。

比如山药蛋说:"以后我要当山药蛋王,全世界都只能吃我种的山药蛋。"

比如二羊说:"我要在这片红柳林里建筑一片大宫殿,让我爱的女孩随时都可以在红柳林里玩。"

比如我说我要去学画画,把红柳林这一刻的美,全部画出来,让这一刻的美丽留在世间,让所有人欣赏。

我想我们这几个人都没实现自己当年吹的牛。

其实有很长一段时间,我除了口腹之欲的快乐,是感受不到其他快乐的。我的身体长大了,面容长开了,可我的精神还是小时候那个总是为了一口好吃的去想办法的小孩子。

我成熟得很晚。

可能是因为我真的饿过肚子,能感受到食物的重要,也觉得这世界上,除了去得到食物,再没什么比这更重要的了。

所以,食物对我很重要。

别人喜欢用冰箱，而我喜欢用冰柜。因为冰柜有更大的容量，可以把更多的食物放在里面，可以有更多的安全感。

四处寻找廉价又美味的食物，是我的爱好之一。

最好的食物都不在手边，它们在沙漠里、在树林里，藏在一些人们不爱去的或者注意不到的地方。

我曾经住在一个小镇里，到了初秋，冰凉的雨丝绵绵，在一条路上，就开始长丁子蘑菇了。

外形类似于我们现在超市里常见的鲜香菇，但是味道绝对不一样。

秋天的雨很冷，而且总是可以下很长时间，大部分人讨厌秋天的雨，而我却很喜欢，我还希望这雨最好能多下两天，因为雨下的时间越长，蘑菇也越容易冒出来。而且必须冒雨采蘑菇，因为雨停下的时候，这种蘑菇的内部就已经开始变黑了，不知道变黑的能不能吃，因为我不敢尝试。

那时候，有个叫东子的男人陪着我。

他的有趣之处在于，我各种天真的行为、各种童趣的想法，他都愿意附和，并且愿意陪我去体验。

比如这条有很多蘑菇的路，还有那片能采到各种蘑菇的树林，都是他首先得到消息，确定了地点，然后才带着我去的，然后成了每个秋天我必须去的地方。

这条路实在太不起眼了，是夹在大片农田之间的一条小土路，路的两旁曾经有不少的树，形成了两条很浅的树沟，但后来这些树都被砍了，只留下烂树根。

并且过了很多年，这条路上再也没有人栽树。

年深日久，树根腐坏，成为深棕色的碎木屑，在树沟中弥漫开来，而蘑菇就藏在这两条树沟里。

秋天的雨很冷，细细绵绵渗入人的毛孔里，边走边发抖，我虽然爱采蘑菇，但总是学不到重要的经验，而且眼神不好，不能第一时间看到蘑菇。

也因为蘑菇总是藏在土层的下面，按照东子的说法，只要看到哪里的土起泡泡了，铁定下面藏着蘑菇。

可是我看到很多地方都在起泡泡，把土泡泡拨开，里头却总是没有蘑菇，而东子却是一找一个准。

有一次，又是下雨的日子，而且雨的大小刚好。我吵着要去采蘑菇，东子说："这才下了半天雨，蘑菇还没有出来呢。"

最终他拗不过我，还是答应陪我去了。

我们穿着长筒胶鞋，穿上雨衣，出了门，骑上摩托车，往那条路而去。在马路上的时候还好，进入土路之后，摩托车开始歪歪扭扭的,好在东子的骑车技术很好,我们才没有摔倒。

到了实在不能往前的地方,停了车,我们就开始找蘑菇。

如东子所说,才下了半天雨,就算蘑菇们吃了膨胀剂,也不可能这么快就冒出来,所以我们在树沟子里找了好半天,也没找到蘑菇的身影。

我站在雨中,内心极度失望。

他安慰道:"这里没有,也许别处有。"

我跟在他的身后,拉着脸,默默地继续往前走,最后他带我到了一处树林,雨越下越大了,他找了一处比较高的苦豆草窝子,把我塞在草窝子里,又脱掉自己的外套盖在草窝子上方,说:"你蹲在这里躲会儿雨,我去看看有没有蘑菇。"

其实我也走不动了,而且雨确实太大了,于是老老实实地躲在草窝子里,过了十几分钟,他回来了,也钻了进来,和我紧紧地贴在一起。

"找到一大窝子蘑菇,是平菇,但是还是太小了,我们等上一两个小时吧,等它们再长大点,我们去把它们摘下来。"

"一两个小时就能长大?"

"能。"他很肯定地说。

在草窝子里有点儿冷,他把打火机拿出来打着,两个人的手围住这点儿火光,我说,"这好像是卖火柴的小姑娘。"

"你比卖火柴的小姑娘强多了,她是饿死了的,因为不主动去找食物。你不一样,你在哪儿都饿不死,你肚子里有个馋虫呢,会让你主动去找吃的。"

"卖火柴的小姑娘想找也找不到,她在城里。"

"谁说的?如果你当时就在卖火柴的小姑娘的手里,你估计会变成小老鼠进去,偷吃烤炉里的面包。"

对,或许我真的会这样,因为我太喜欢吃东西了,不愿挨饿。

我们边聊边等,一晃就过了两个小时,他说:"蘑菇一定长大了不少,我们去摘吧。"

在他的带领下,我们进入树林深处。天色有些暗了,树枝上也有雨水落下来,打在雨衣上,声音笃笃放大。

我忽然觉得整个世界就剩我和东子两个人了,我说:"这不像地球,我们是不是穿越到远古时候了?"

东子说:"你确实是个外星人。"

走了一会儿,我们到了靠近树林另一边边缘的地方,他停下了脚步,说:"到了。"

我四处瞅了瞅,只见秋天的树林里一片残枝败叶,一点儿也没看到蘑菇的影子,我几乎要哭出来了,嚷嚷着:"根本没有,你骗我!"

他说:"你弯腰。"

我疑惑地看了看,但还是弯下了腰,他伸手把面前的枯叶拨拉开,然后一大片白嫩嫩的野平菇露了出来。

刚才明明只能闻到树林里枯草的味道,这时候却刹那间就被浓郁的蘑菇香给惊艳了。我睁大眼睛,手甚至都不敢碰那么大朵大朵的蘑菇,这哪里是一片蘑菇?这简直就是一片落地的祥云啊!

只差孙悟空到场,跳到上面去,然后带着我们飞上天了。

我激动得眼泪差点儿流出来,大半天的时间,终于还是摘到了蘑菇,而且这么一大片,非常少见。

我舍不得让东子摘,围着那一片蘑菇左看右看、左闻右闻,想把这稀奇的一幕刻印在脑子里和记忆里,甚至嗅觉里。

东子说:"你总是这么贪。你要知道,好景就是不常在的。你这么贪,以后会痛苦的。"

我不管,我就贪。

这样折腾了好一阵子,才和东子从蘑菇的底部,小心翼翼地保护艺术品似的,尽量完整地将它们摘了下来。

毫不夸张地说,有三个大号洗脸盆那么大,十天也吃不完……

可以预见我的朋友们也有口福了,可以和我一起享受大自然的馈赠。

其实小时候发生过很多关于吃的尴尬事。

随着我妈搬到另外的镇里,和我第二个后爸,也就是酒鬼生活在一起后,鸡蛋更为稀缺了,我也不明白我妈为什么要让我们偷偷地吃鸡蛋。

其实是很普通的水煮蛋,然后鬼鬼祟祟地被拿进来了。

可是家里一共就六个人,后爸和他的女儿、儿子,还有我和妈妈及弟弟,意思是这鸡蛋只有我和弟弟有得吃吗?

我妈偷偷摸摸地带着极为厚重的我们甚至不能拒绝的爱,将一个煮鸡蛋偷偷塞进我们的手里:"快吃快吃!"

就在这时候,门忽然被打开了,一个平时和我关系很好的同学莽撞地闯了进来,我只觉得大脑一片空白,鸡蛋差点儿掉到地上。

弟弟更是狼狈地一口吞了鸡蛋,差点儿被噎住。

那位同学一看就知道出了什么事儿,她年龄太小,无法掩饰发现什么秘密的兴奋,大声问:"你们在干什么?"

我妈冷静地说了句:"你这孩子怎么不敲门就进来了!"

那大概是我少女成长阶段最难堪的一次,但我不能露怯,我当着同学的面慢慢地剥开鸡蛋,咬了一口才说:"你要吃吗?"

她摇摇头,同情地看着我,说道:"你吃吧。"

我说:"我成绩好,我妈奖励我的,这是我妈对我的爱。"

我同学也就没什么好说的了。

但其实我从那时候就不怎么爱吃水煮蛋,到现在都是。我喜欢吃鸡蛋糕、炒鸡蛋以及各类鸡蛋制品,就是不喜欢吃水煮蛋。

我觉得这是好事,好歹存在一种我不喜欢的食物。

东子不喜欢吃的东西很多,他不吃黑色的东西,不吃各类动物的下水,不吃肥肉,不吃鸡脖子……

我觉得后来我和他分开,是因为关于吃的琐事。

比如那天采了蘑菇后,我还是想要吃到那种路旁的丁子菇,而不是野平菇。所以,第二天我又独自冒雨去采了。

这次到底采到了,对眼神不好的我来说,采到这些蘑菇真是太不容易了,但是它们有些已经变黑了。

我仔细观察,觉得它们虽然变黑了,但其实很新鲜、很硬实,闻着很香。

我把它们精心地炒了。

那可能是我吃过的最好吃的一次炒蘑菇,可是东子不吃,觉得有点儿黑,我觉得极为好吃,强烈要求他吃一点,

213

可他就是不吃。

我得到了好吃的东西,想和他分享,但他不要,我觉得有点儿失望。

在之后的几年里,他不吃的鸡脖子会夹给我,他不吃的肥肉会夹给我,他不吃的一切东西会本能地夹给我。

他说我口壮,什么都吃。

可是他喜欢的那些,我也喜欢,我更喜欢吃瘦肉,吃鸡腿……

我们没有因为这些事分开,可是似乎很多的裂痕就是从这里开始的,我想,食物的确让我过于重视,我重视来自食物的那份厚重又薄弱的情,我喜欢带着爱的人,四处找美食。

可我更喜欢别人,带着我去寻味……

我和东子最后还是分开了。再后来,我不知道自己有没有真的爱过他,说爱过吧,似乎总是对他有期待,期待他能对我好一点儿;说不爱吧,也曾那样地依赖过他,也曾为他经常流泪,因他而人生更加动荡起伏,因他而受了很多苦。

后来我想,那可能不是爱,只是一种缘。

我们以爱的形式在一起过,但并没有真正地爱过彼此。我期待有人能爱上我的灵魂。

虽然我的灵魂那么弱小、天真。

不过等我渐渐再长大一些的时候,我渐渐觉得双向奔赴的爱实在太难得,人间情事就如美食一样,绝美的美味难得,并不常见,平淡的饭菜才是人生常态。

我渐渐就懂得了平淡的美。

当然,我永远都是食物的猎手,对于美食我依旧有孜孜不倦的追求,也依旧还是想念我妈从野外抓来的刺猬被烤熟的味道。

有时候,我希望能生活在大山里,没事去找找山珍、抓抓鱼。

不过我知道已经过不了那样的日子,我需要在城市的一个小角落里好好生活,空闲的时候才能回味从小到大那些来自苦难中的甜蜜。

人有时候很奇怪,有一段时间,我离开家乡,从新疆到了广西。

坐飞机,中途需要转机,全程十二个小时,有时候转机没转好,需要十五个小时,广西被称为百果之乡,我恰好又落脚在有港口的防城港,住的地方与海边步行只要十分钟,我曾经所追求的美味,似乎在这个地方都能找到。比如新鲜的海鲜,以及各类没见过的蔬菜和奇形怪状的水果。我第一次明白,"物产丰富"是什么概念,那就是站在市场内，满眼都被各类食物填满的感觉。

刚去的时候我真的很惊喜，就好像一个爱吃面包的孩子住到了一个面包建造的房子里。可是后来，我吃什么都不香了。

我开始想念家乡的葡萄和馕，非常非常想，只特别想念这两样。

我找遍了防城港的市场，也没找到我想吃的那种葡萄，虽然能买到馕，但是根本没有新疆烤炉里刚出来的那个味。

但其实我在新疆的时候，这两样食物并不是我的首选，特别是馕，一年也就吃几次，葡萄也只吃初秋那一季的。

防城港什么都有，唯独缺了这两样。那时候我正好生了场重病，吃不下东西，每天想的就是葡萄和馕，可惜怎么也找不到想要的味道。

那时候我忽然意识到，家乡对我来说意味着什么，可能留在家乡的时候觉得乏味，离开后才知道必须要的东西都在那里，而其他地方的东西其实是可有可无的。有是幸福，没有也受得了。

可家乡的有些东西，没有了会受不了，会每天强烈地想念。

我说的那种葡萄，是新疆部分地区才有的，是一种不利于运输、对土质要求高、只能种在肥沃的菜园子里的葡萄，它在八月底成熟，至十月中旬，基本也就不到两个月的采食时间，是一种古老的品种，是新疆葡萄没有发展起来之前，老一辈人栽种园子里的品种。

它外形普通，普通的圆，普通的绿。

但是如果看多了其他花里胡哨的葡萄品种，你最终会认可这种葡萄从外形到味道真的都是上上之选。

它唯一的缺点，是现采现吃的才最美味，早上采下如果到了下午没吃，基本就变了味道。从外形到味道都枯萎下去。

所以它出不了自治区，不能从这座城市运到那座城市，甚至也不会进入真正的市场。只有一些老人，早上摘了放在三轮车里，拉到街上少量售卖。

但这种葡萄在本地的价格并不低，因为喜欢它的人真的很多，到了吃它的季节，很多人会在街头寻找那些卖葡萄的小摊子。

我也一样。

我想，以后不管我去哪里，或者会居住在哪个省哪座城市，到了八月底，我可能都会想办法回到家乡，吃够两个月再走。

自从生病，在广西强烈地想念过它以后，我再也放不下它了。

我害怕它的消失，我希望栽种它的人能多一点儿，希望更多的人知道它的美味，去保护它，不要因为不利于运输和存储而将它抛弃。我很担心等这一辈的老人去世了，恐怕再也难寻这种葡萄的踪迹。

小时候，我妈总说我是馋猫。

确实是的，我的前半生都围绕着食物展开，我追求食物带来的欣喜，甚至超过了其他，可能连爱情都比不上吧，所以我的情感成熟非常晚，我成年人的皮囊下一直藏着一个不成熟的天真灵魂，一个为了吃到美味的食物而存在的灵魂。

我是在后来忽然意识到爱一个人是什么样的时候，才忽然明白这一点的，我忽然觉得自己从来没有长大过。

我怀念那些没长大的日子吗？也怀念。但也总有遗憾，因为成熟的太晚，受思维局限，我没有更多的追求和更深的情感，我生活在社会的最表层，错过了很多其他东西，等意识到的时候，时光已经追不回，我们无法回到过去改变和修正当时的一切。

但若真有重生的机会，让我回头去修正，我也是不愿意改变的。

经过了那么多的岁月，好不容易才长成现在这个略微成熟的样子，虽然已经遍体鳞伤，虽然青春已不再，但我仍然需要珍惜此刻成长为这个样子的自己。

在心上，在路上，踽踽独行了那么久，才长成现在这样，固然不完美，但已经是属于我的最好的样子。

我已不愿再回去了。

从此，我不念曾经，曾经也不念我，我们彼此在心上，但要永远背道而驰了。

我愿意，以如此的样子，继续往前走。

篦子与梳子

篦子是用竹子或者牛骨等材料制作的梳头用具，中间有梁，两侧布满密齿。与通常梳头的梳子相比，篦子主要是刮头皮屑和藏在头发里的虮虱，齿较梳子的齿密集许多。

这东西小时候我常见到，大概是因为那时候人们多数都用非常普通的清洁物洗头、洗澡，有些时候甚至不用，因此头发间和皮肤上都很适于一种很讨厌的寄生虫——虮虱的生长。所以很多小孩子，甚至是大人的身上、头发间都有过这些恶心的小东西。

这种寄生虫遍布人的身体各处。那时候常见女人们在深夜时，抓起孩子们的裤子和衣服，在灯下掐虮虱。掐到一个，就发出很轻的一声身体爆破声。

现在讲起来很恐怖且恶心，但那时候大人为了第二天让孩子们穿上没有虮虱的衣服和裤子，能掐一晚上的虮虱，这是很有成就感的一件事。

这些寄生虫，可是吸血的怪物呢。

孩子头上的虮虱也可以由大人们在闲暇时，像猴子那样翻看头发，找出并掐死它们。因为如果不掐死，就算是洗无数次头发，也依旧不能影响它们的生长。

大人没有人为他们翻头发，一般就只能求助于篦子。

清晨或是午后，女人们便找一处阴凉适度的所在，树下或者门口，坐在矮板凳上，把头发散开，偏着头，脖颈微微下倾，如临水照镜般的姿势，然后用篦子顺着头发根，紧贴头皮，缓缓地向下推，直到发梢，附在头皮和头发上的虮虱，就会被篦子篦出来，将篦子抠一抠、抖一抖，虮虱就会掉落，再用脚一踩，然后开始第二次、第三次，直到感觉到头上被篦子篦干净了，才会停止。

有些小孩子比较好奇，会把篦子抢在手里，细细观察上面的虮虱，那灰黑的大点儿的，是虱子，那白的小小的密密麻麻的是虱子的卵，虮子……

可能因为与虮虱相处得太久了，因此并不觉得它们可怕，只是因为它们的存在会让皮肤特别瘙痒，令人很不舒服。

观察完了，因为心里的不痛快，还是冷漠地将它们抖在地上，然后狠狠地毫不留情地一脚踩去。

那时候的大人们，可以一边篦着头发，一边听收音机，也可以一边翻着孩子的衣服掐虱子，一边聊天，这好像都是最自然不过的事情了。如果阳光正好，便觉得那一幕最是温暖不过，美丽柔和得无法用言语表达。

篦子似乎是为了这种恶心的小东西而存在，而事实上，它却是某种纯洁而真诚的象征。

听大人们讲，很久之前，篦子其实是男女间的定情之物，更是女子闺中必备之物，如果一个男人对女人有好感，可以买只篦子送给她以示自己的心意。结婚的时候，篦子更是嫁妆之一，一把崭新的篦子，代表新生活的开端。

在前几年，我妈妈那里还有一把残破的篦子，现在大概已经找不到了，而且现在的人多数喜欢烫头发，就算不烫头发，也不舍得用篦子狠狠地从发头篦到发尾，好像现在的人头发都很容易掉，不若那时候黑、油亮光滑，人们觉得用篦子篦头发，对头发是一件粗暴的事，特别是烫过的头发，一定要用齿很稀疏的梳子才可以，否则就会把烫好的发型给梳坏了。

至于虮虱，也在多年前不复存在了。篦子似乎已经没有了存在的意义，历史终将它淘汰，但它曾经被女人们那样重视过，在夕阳下那样的美丽过，那样安静、柔和，为过往画上淡淡一抹烟尘。

梳子和篦子，原本都是嫁妆的一部分，女子闺阁必备之物。

随着篦子在历史长河中被淡漠，梳子却向完全相反的方向发展。几年前，还有朋友送了我一把牛角制成的梳子，颜色青而带紫印，光滑得如同琉璃，握在手中温和。说用此梳头，可促进头部血液循环，让头发越来越多，越来越黑。

大概我们的生活节奏太快了，每天用梳子在头发上随便梳几下就好了，因此一直也没体会出这把梳子的好来。

梳子不再只有木梳、竹梳，而是由其他材料制成，价格也涨得厉害。

除了为了适应当代女性那用电烫的各式各样的头发而生产出来的塑料大齿梳、粗齿梳，以及一种肚子圆滚滚、充了气似的圆头梳等，还有上升到健康、观赏、把玩的工艺梳、保健梳、高档精品梳、磁性能头发梳等。而形状也不再是单一的条形梳，而是大小不一、形态各异，如花鸟、月形、柄形、镶拼等。有的大逾数尺，有的小如盈寸，可随身携带早晚梳理，也可以陈列于室内赏玩观摩。

可以说，现在这时代也是梳子的盛世。

梳子已经由一把仅仅是实用的梳头工具，开发出了许多潜在的功能。而这些功能也是人们乐于接受的。

20世纪90年代，流行过一阵塑料梳子。这种梳子的好处是价格低廉,并且梳身发软,梳头时减少把头发拽痛的概率,更重要的是,一把梳子能用好多年,用得都有点儿变形了,但梳齿依旧根根完好。

所以,当时这种发软的塑料梳子很受过一阵欢迎呢,可是过了几年,买来的塑料梳子尚还完好的时候,又流行起了硬塑料梳子,造型更漂亮,只是没有软梳子的寿命长。

人们逐渐了解到塑料对人体的危害后,还是觉得竹子和木头做的梳子好。

现在,梳子已经不仅是梳子了,有时候甚至代表一个人的品位。

比如,有一个朋友不知道从哪里得到一把白色晶莹的梳子,然后每天带在包里,去洗手间的时候还能拿出来梳梳头发,喝酒、吃饭、聊天的时候,梳子又变成了谈资,用擦眼镜片的布将梳子擦擦,拿到大家面前很自豪地说:"这是象牙做成的梳子,没想到吧,真的象牙咱是见不着了,见见象牙梳子也是好的。"

可是毕竟这样的话题在男人间是吃不开的。

在我的印象里,有一只很普通却很可爱的木头梳子。

虽然它现在缺了好几个齿,但工伤不下火线,依旧在发挥着作用。它第一次出现,是在外爷爷的丧事上,在治丧期间,要烤许多圆形带花纹的大饼出来,供奉于灵堂之上及供那些在丧事上帮助的人吃。

这个大饼初时是怎样做的，其中又放了几味料，我到现在也不清楚，好像自那以后，就没再见过这样的大饼①，只知道大饼被摊在案板上之后，就有人在高喊："梳子！快点儿找把梳子过来！压花，谁来压花？"

那时候的女人，似乎多数都懂得在饼上压花的技术，不过能压得好看唯美又极具象征意义的人，还是不太多。

外爷爷的丧礼上，出了个很会压花的人，是比我大几岁的表姐，之前可从来也没谁见过她会压花，况且说到底她在大人们的眼中还只是个小孩子，不过见她拿着木梳执意要压，于是也就随便摊了个大饼供她玩耍了。

没想到她却用那梳子齿，压出很漂亮规矩的花纹，不但不比大人们压得差，而且还更具灵气和想象力，那把木梳似乎成了魔梳，在她白嫩嫩的小手中左转右转，跳压、按压，千变万化，把大人们惊得眼珠子都瞪大了。

表姐在那之后，直接出了名，被大人发现了有绘画的天赋。等她再长大些时，画的人物花鸟无不带着灵气，常有人上门索要画作挂于家中。只可惜，表姐后来因为许多事并没有在这方面继续发展下去，出嫁又离婚后，对生活失去了信心，直到现在已经完全见不到她画画了。

---

① 现在的丧事都是直接在酒店请客吃饭了，尸体也要拉到火葬场去火化了，与以前真有很大的不同。

与表姐关系不错的我，有时候会听她提起当年外爷爷的丧礼，丧礼上的压花纹大饼，有些感叹，手里把玩一把木梳，梳着自己的头发笑道："其实这有什么难的？梳子齿本来就很神奇，将齿扣在饼上，随便怎么弄都是漂亮的花纹，不信你试试。"

我倒真的试过，可没有表姐说得那么简单。

说起来，现在的人，伙食品质大大提高，每天鸡、鸭、鱼、肉的不在少数，有些人甚至吃怕了鸡、鸭、鱼、肉，要吃些青菜，于是便千方百计地变着花样给自己弄吃的，心里却还是隐隐地怀念着什么，寻找着什么，我想，那是家乡的味道、小时候的味道。

小时候，大人们总是把有限的食材精心地弄出许多花样来，比如吃一种"汤饭"，就是在熬好的素汤里下面片，但这汤有讲究，面片也有讲究。汤里的食材，必须个个都切得非常细，就算是切得非常细了，也还要讲究这细是方是圆是条还是块，五颜六色混在一起，按不同顺序下锅，就是一锅好汤。

然后这面片，也不是单纯地揪面片，而是把面先搓成条，然后再切成丁，再把这些面丁放在梳子上一搓，就成了利用梳子齿制造出的漂亮压痕的窝窝，这种窝窝的外形，其实很像常见的带纹路的贝壳。

窝窝汤其实还是汤加面，可是小时候，我们都盼望窝窝汤能多一点儿，可能不单是好吃，而且有趣，是用心思做出来的饭。

我妈抽屉里那把缺了齿的梳子，也就是专门搓窝窝用的梳子。

买来时是新的，从未用它梳过头发，之后十几年、二十年，它作为梳子，从来没有履行过梳头的义务，而是一直成为一个加工食物的工具。

这可能也是梳子比篦子更为优胜的地方吧。

城东老市场

不知道什么时候，老市场已经变得残破不堪。渐渐地，很多摊贩都搬走了，没有人打扫，绿色的棚子下面偶尔有几只调皮的小狗在玩耍。

一阵风刮过，地上的残屑随风缓缓移动，萧条不已。

又不知道从什么时候起，这里渐渐变了样子，看起来仍是那样的残旧凌乱，却充实丰盈了起来，到了后来，东西已经多到放不下，只好又用木头搭了层地板，用几张旧桌子建成楼梯，老市场于是不再是单纯的老市场，而变成了一个拥有两层楼的旧物市场。

有用的、没用的，家里不想要的，觉得留下来占用地方不甚美观的，或者是旧到脱了时代实在也找不到留下来的理由的，都可以拉到旧物市场变卖，当然，你只能卖到极低的价格，毕竟那是你不要的。

不过，本来拉到旧物市场，也不只是为了卖那点儿钱，只是本着不会把不用的东西随便乱扔破坏市容而已，这点儿公德心人们还是有的。

我第一次去旧物市场，是偶尔听人说，在那里可以"淘"到宝，很多年轻人不懂得留住老人家的东西，所以把一些瓶瓶罐罐都扔到了旧物市场上，曾有个人在旧物市场花了三块钱买了只明代的花瓶，去《鉴宝》栏目请专家看，专家说那东西值上百万元。

所以我去的那阵子，实际上也是市场最热闹的时候。

闻风而来的人们，都穿得一副很专家、很考古、很学究的样子，总体来说干净整洁，一点儿都看不出是那种需要逛旧物市场的人。旧物市场的老板很精明，适时地给那些旧的瓶瓶罐罐都涨了价，估计是三块钱卖出去的那个让他悔青了肠子，所以这时的花瓶全部都涨到五十块钱一个，但凡是你自个儿看上的，无论好坏，全都五十块钱。

细细观察，瓶瓶罐罐可真不少，而且看起来也确实都是有些年代的。我夹杂在人群中，摆出"我真的很懂"的样子，在旧物中挑挑拣拣，脑子里却想着别的事。

与"淘"到宝无关，而是这一件件物品曾经的故事。

为了搜寻到跟故事有关的证据，我特别喜欢翻市场内旧书桌的抽屉，得到只言片语便展开无数的想象，拟出许多或欢喜或悲情的故事来。

我承认有时候确实太"文青"了，像我这样的人，一般很难发财，运气当然也不会好，我并没有看中那些瓶瓶罐罐，反而在一个半新的写字台里翻出看起来很新的木头风铃，原色的木头，条状木片下面挂着两只鱼、几朵花，分别在鱼和花的上面书着"一帆风顺"四个字，感觉上，似乎喻义很好，况且有风来的时候，它的声音只是闷闷的轻微碰撞声，半点儿也不让人觉得厌烦。

我把这风铃以五块钱的价格买了出来，再去商店，花了两块钱买了一只盒子，让店主帮我包装成礼物的样子，送去给我当时最好的朋友当生日礼物。

我觉得我自己的眼光还不错，至少朋友没看出来那是从旧物市场"淘"来的，而且挂在她家门上很多年。证明这风铃的长度、外形和声音，甚至喻义，都是很讨人喜欢的。

可能就是从那时候，我喜欢上了逛旧物市场，隔一段时间就要去逛一逛。

那些日子，我常常面临搬家的窘境，因为租房市场还不成熟，房主对于我这样的打工人总是会有戒心的，况且我们一般不会独自租住一整套房子，而是一群人去租住一套房子，其中不乏那种没有什么修养的比较调皮的男子和女子，在房中请客跳舞什么的都是常态，楼上楼下不堪其扰，只能在一个月租期到时，就赶我们离开。

有时候，会一个月一搬。

如此这般闹腾久了之后，我也就麻木了，为了搬家时轻便出行，留在身边的东西越来越少，到最后只剩余一只装了轱辘的旅行包，拎着就能下楼，方便转去另一个地方，有张床一躺足矣。

想到第一次租房子，为了使房子看起来更像是自己的家，竟然还花高价买了吃饭的桌子和椅子，想来就可笑。

那桌子和椅子早不知道辗转到哪里去了。

可我还是很恋家的，很喜欢把自己住的地方，打扮得至少像个家的样子；发现了旧物市场后，这事就很容易办到了。

那里的东西太便宜了，当时我花五块钱买了那串木头风铃，都算是被旧物市场的老板给"敲诈"了。

旧物市场初时的红红火火，来源于那只上了《鉴宝》节目的花瓶，它的衰落却与市场老板有关，据说在人们将市场内看起来像点样的瓶瓶罐罐都收走百分之七八十后，有人曝出那些花瓶都是市场老板去附近镇里低价收来的盐罐子和腌菜坛子，一只就几块钱，收回后在土里埋上一星期做旧，然后散落在市场各处，再被古玩爱好者高价收走。

甚至有人说，那个上了《鉴宝》节目的花瓶，也是市场老板捏造出来的故事。一时间，人们都失望极了，甚至有人半夜搬了石头去砸市场里的东西。砸也就砸了，没什么影响，本来市场里就是些旧东西，再多砸坏几个也无所谓。

其实这部分人，并不是真正的古玩爱好者，只是想着碰运气，也以五十块钱的价格换来百万元收获而已。抱着这样的侥幸心理，又不识货，说到底只是一帮想发笔偏财的妄想者而已。

不过这个传闻出来之后，市场也就冷落了下来。

再来旧货市场的，多数是像我这样真正需要廉价物品的人。

我曾在那里"淘"到十块钱的书桌和三十块钱的衣柜，虽然表面看起来油漆都剥落了，但它们还是很结实而阔大，有着旧时代的豪气。不像现在的家具，多数过于精巧。我把这些东西摆在房子里后，就基本被占得很满了，不过这没什么关系，用一只啤酒瓶插上一束从旧物市场内捡来的塑料花，就觉得房间里已然很鲜活了。

像这样廉价的家具，在我下次租期到时，当然也是不必带走的，也算是给下次租这房子的人留个方便。

到了新的住处，我仍然可以去"淘"新的家具，一切看起来又是新鲜的，或许真的是"漂"得太久了，所以并不渴望一样东西能留在身边很久很久，也不愿见到它们最终残旧到一无是处，最终还是要被淘汰的命运。

倒是有一次，我在旧家具里穿梭寻找的时候，从一只被抛弃的收纳箱里，找出了一张写了字的十块钱。

我将这钱翻来覆去地看，还是十分崭新的，只是初时不知道握在谁的手中，似乎有汗渍浸到其中，钱的褶皱也很深。在背后，还写着一个"明"字，大约是谁的小名，又或者代表着别的什么意思，我思来想去也不知道这个"明"是何意。

我将那十块钱装进了自己的口袋，给自己找了个接受这十块钱的借口：钱就在那里，别人没有遇到我遇到，这是上天让我遇到的，我可不能逆天而行。再就是如果我把它放回去，不知道它要在那里沉寂多久，钱的命运在于流通，否则就无法实现它的价值。

有了这两个借口，我就心安理得地把钱塞在我的衣袋里，堂而皇之地从旧物市场里走出来，为了让它尽快实现价值重新流通起来，我在旧物市场附近的一家小饭馆里点了份炒米粉，心满意足地吃饱后，用这张十块钱付了账。

一般情况下，我都是独自一个人逛旧物市场。

有一次，我的租友一直在念叨："如果有个桌子就好了，可以把电脑放在上面，晚上可以在电脑上看电视剧，而我只需要躺在床上就可以看电视，这有多么享受啊！不必和你们一起挤在客厅里抢电视机的遥控器。"

可是她那段时间经济实在拮据，于是我本着指点迷津的目的，给她说了那处旧物市场，她听后，头摇得跟拨浪鼓似的，压低声音吼道："你可千万别让别人知道你跟我说这种事，让人知道我去旧物市场买东西，我的面子都掉地上碎完了！"

好吧，这就是我常常独自逛旧物市场的原因了。

让我比较意外的是，几天后我无意间发现那个租友笑容满面地从旧物市场出来，前面的人力车上放着一张很旧的桌子。

我还以为自己看错了，晚上回到房子里，我就去她的房间里串门，发现他正优哉游哉地躺在床上看电脑上的电视剧，那桌子果然就是从旧物市场拿出来的。我打量了下，虽然一个桌腿已经开裂了，但是看样子再用个三五年不成问题，于是笑嘻嘻地问道："这多少钱啊？没超过五十块钱吧？"

她懒洋洋地说："根本不用钱，给房东打了个电话，他家不用的，让我一个。"

我笑着点了点头，没再说什么，坐了一会儿就出来了。那是啊，房东让出来的，比旧物市场买来的，听起来可是体面多了。只是这样一来，我本来以为找到一个可以一起逛旧货市场的朋友的希望又断绝了。

不过那又有什么关系，直到现在，我依旧很喜欢旧货市场呢。

虽然现在的旧货市场，已经不是开始那样，什么"垃圾"都可以往里面扔了，它现在可是有严格的挑选标准的，以把自己与"垃圾场"很好地区分开来。

各处收去的旧家具也有，只是占的份额不大，多数家具都是各大商场卖剩下的，低价转到这里来，所以这里有许多过时的却还崭新的家具，价格不能说是市场最低，也是相对来说比较低的了。

摆放不能与商场相比，也算是很整齐了，再不必一进市场就有无处下脚的感觉，那时候总觉得自己是在爬垃圾山，深一脚、浅一脚的，好像随时都会跌到旧家具的底部与那些潮湿的旧物融为一体。

可是，我还是很怀念以前那个杂乱不堪、旧到破了的花瓶也被收来的旧物市场。现在去旧物市场逛，除了找找物美价廉的东西之外，也是找找以前的气息，虽然那气息越来越弱，或许终有一天会完全消失。

老宅

房子和其他所有的旧物都不同,其他的旧物多数是在主人的心里留下特殊的意义罢了,房子如果耸立很多年,况且渐渐地人去楼空时,便以一种沧桑、悲凉、破败又阴森的形象伫立在世间,直到墙上的土在风的作用下一点点化为尘,砖缝之间的连接不再结实,继而一块一块地从墙体上完全剥落。

它像是个无助的孩子,眼睁睁地看着自己一点点地彻底消失;它又像个看透岁月的老人,静默而淡然地迎接所有的后果。

我家的老宅,几乎在我触不到的地方。

那里留下了我最完整的家,所有的亲人都在身旁。园子里种着瓜果蔬菜,院子里跑着小鸡和调皮的小狗,院子的深处是家里最宝贵的财产之一——一匹枣红色的大马。

清晨的阳光,洒满院落,我会跑到前门的小桥上,呼唤对门人家的娃娃,我和那娃娃是最好的朋友,我常常会端着饭碗去她家串门,碗里的饭吃完了,直接在她家再盛一碗,尝尝什么味道。

小时候很喜欢出去玩,午睡对我来说是个折磨。精力充沛的我,必须等到所有人都睡着了的时候,才轻手轻脚地爬下大炕,像个小偷似的往菜园子里跑去,那是我最喜欢的地方,那时候还没有"吃货"这个词,我却已经把这个词发扬光大,贯彻始终。

黄瓜架上的小黄瓜,才中指那么长,绿莹莹的,实在可爱,看起来很好吃,实在忍不住,很自然地去咬掉半节,剩余的半节还好好地长在瓜蒂上,我想反正过几天它会长得更长。在我看来,所有的长形物质,都具有再生功能。

菜园的埂上,还种着许多梨瓜、面瓜、甜瓜。它们几乎承载了我儿时所有的梦想,满足了我对这个世界上的所有好奇,也让我学会了等待。

即使在多年后,我还是会梦到这片小菜园。

我坐着五彩的形似浴盆的飞船,俯首往下看,菜园里有各种菜、瓜,还有在瓜菜间走来走去的爸爸。

我的爸爸,被我们丢失在那个家里。

我每每去梦中寻找,总能找到,却总是带不回。

在爸爸去世的那年,我们的家就已经分崩离析,仅仅两个月,原本生机勃勃的宅院,变得清冷荒凉,因为小鸡没有办法带到别的地方,就全部都杀了来酬谢一直对我们有所帮助的邻居们,小狗不知道什么时候跑出去,喝了烫种子的硫酸水,被毒死了。

那匹马很烈,除了爸爸,任何人都不能近其身,搬家的时候只好将它留在宅里,叮嘱大伯去照顾。

当然,大伯后来卖了它,不知道卖到了哪里。

那是一段"兵荒马乱"的日子，为了爸爸留下来的一点儿钱，引发了两场官司，官司的详细内容我已经不想再提了，岁月洪流，物是人非，当年的事，除了身受其害的我妈妈，还有谁会在乎谁是谁非？

我眼睁睁地看着一个梦幻般的家园，曾经最温暖的地方，在短短的时日里，坍塌得仿佛一切的美好根本不曾存在过。

搬家的时候，来帮忙的亲戚中，有人忽然跳起来惊叫："这房子在响！"再细问，说是似乎有人在房顶上拆那些梁柱，看来逝去的人与活着的人一样，都觉得这个家没有存在的必要了，拆了这样的家，或许会少些念想。

本来就不多的家具，一辆大拖车就装完了。上车的时候，我在到处找我家的猫，爸爸在世时，很喜欢那只猫，可是大人们揪着我的耳朵，把我揪上了拖车。我就算哭也没用，那样特殊的时期，没有人会在乎一个小孩子的眼泪。

而我以为，我只不过是出了趟远门，还能回来。

拖车走得远了，房子就变得有些看不清了，只剩下房前那些老榆树，还是那么明显地在视线里。

那棵老榆树，后来成了我梦里的灯塔。

见到它，我就知道自己回了家，回到这已经被抛弃的老宅。

从六岁的时候离开，直到十一岁，老宅在我的梦里，在我的心里，没有随着岁月的流逝而模糊，反而越来越清晰，我一遍遍地回忆和想念，终于还是有成效的。我甚至记得老榆树下还停有马车，而夏天的中午，爸爸喜欢带着我们在马车上午睡。

我还记得，大门是铁皮制的，泛着红，或许是抹了红油漆，我很喜欢唱歌，于是拿一只旧鞋底敲大门，使铁皮发出只有我能听得懂的韵律，我随着那韵律唱着别人都不明白的歌词。

我还记得我在院子里尽情地跳舞，爸爸牵着马站在门外没有进来，而是把目光越过大门的上方，欣赏着我凌乱的舞姿。在我发现的时候，非常羞涩扭捏，无处躲藏，最后爸爸哈哈大笑着推开门，我一头扎进他的怀里。

还记得我最怕毛毛虫，春天柳树上结的毛阿娘很像毛毛虫，风吹过，一只毛阿娘落在我的脖子里，我吓得哇哇大叫，被点了穴似的，一动也不敢动，嘴里大声喊着爸爸，爸爸在房间里听到后赶忙冲出来，将那只毛阿娘从我的脖子上扫落，又狠狠地用脚踩，说："没事了，别怕，别怕……"

我总觉得，一切还是能维持原样，爸爸去世的时候，我并没有哭，是因为不知道死亡的具体含义，因此我妈一直怪我无情无义。直到后来，我随着妈妈到了别人的家里，还是想着爸爸终究会来接我们，或许有一天早上，我醒来，就会发现爸爸出现在我的面前,笑眯眯地看着我说:"妞,你跑得太久了,快跟爸爸回家!"

我想我一定会哭,而他一定也会用粗糙的大手抹去我脸上的泪水。

十一岁的夏天,我摔断了腿。

老宅那边的亲戚,不知道从哪里得到了消息,于是都找过来探望我,因为那两场官司,妈妈与他们双方自老宅分开后,就再也没联系过了。不知道是出于一种什么样的心理,还是真有其事,为了能顺理成章地探望我,他们说了这样一个故事:

说有一天中午,在坟地旁边做农活的某女性亲戚,被我爸爸的鬼魂上了身(撞魇),然后她回到村子里,将所有的亲戚都叫回来聚在一处,用我爸爸的声音和说话的语调(徽州语)痛哭流涕地斥责他们,说妈妈带着我和弟弟在外面受苦,而他每天只能在荒野上跑来跑去,没有办法去探望,而他知道,我的腿摔断了……

得了我爸爸"灵魂"的责骂和指点,于是他们都来探望摔断腿的我。

对于这样神奇的事件,多数人都不信,而我却坚信不疑,于是我理解了爸爸为什么那么久都不接我们回去,是因为"他被困在了荒野上"。

好像灵魂活着,人便活着,我依旧觉得爸爸还活着。

可能是因为这个强烈的念头,我执意要回老宅,妈妈虽然一万个不放心,但是老宅的亲戚们都保证会照顾好我,于是她不得不放我去。

在接近村子的地方,有处坟茔,那是属于我爸爸的。可是我并没有多看,我并不相信我爸爸是住在那个土包包里的,我坚信老宅还在,我爸爸还在菜园子里溜达。我清晰地记得去老宅的路,清晰地记得它的位置、它的模样、它的一切。

我瞪大眼睛,一直盯着路的前方。

车子开得有点儿快,经过老宅的时候,老宅不过是在我眼前一晃,就没了。我只看到一堆的残垣断壁和被锯去树冠只剩下短短一段主干还露在土地外面的秃树。

我的心像被谁狠狠击打了一拳,这不是……不是我家的老宅!

我拒绝承认那一闪而过的景象,在到达所住的地方之后,把一切都安顿好,亲戚们便散去,都各忙各的去了。我因为挂着单拐,行动不方便,只好留在房间里听歌画画,或者去看电视,有时候也有六岁之前所交的朋友过来探望,奇怪的是,虽然五年多没见,大家都从一个儿童成长为少年了,可是见面还是能认得出来。

或许对于他们来说,我只是一个旧人归来,多数是新鲜,情义却未必存得几分。这方面我是不勉强的,我也已经有了更好的朋友。

有一个叫勇的男孩。小时候他爸爸妈妈和我爸爸妈妈关系是最好的,所以我们这些孩子也都在一起玩,他本来比我大两岁,这次来探我,已然长成非常英俊的少年,性子看起来很内敛又很能干的样子,他是我在亲戚家做客两天后来探我的,没有像别人那样问东问西,进来后笑了笑,便陪我坐着。

反而是我先开口,问起有关老宅的事。

他家还住在原来的地方,在我家老宅靠后右侧的地方。他倒说起一些有趣的事。他说他妈和他爸每到需要上坟的时候,就会去我爸的坟上烧纸钱,因为他家比较靠后,后面是没有路的,要从前面出门,不是经过我家老宅的后墙便要经过老宅的右侧,每次经过的时候都觉得里面很阴森,有人想出来的感觉。

他又说,不但他妈和他爸这样觉得,他也有这样的感觉,所以觉得房里的人或许化而为鬼,还在,因此必须去烧纸钱,求他放过他们。

这少年,说这话的时候我只当有趣,却忘了他所说的鬼,可能就是我爸爸。

我心里有种很怪异的感觉,央求他带我去老宅看看。他点点头,扶着我慢慢地到了老宅,本来离我现在做客的地方也不太远。

那天的天气很热，加上又已经快要正午，太阳就在头顶，晒得我眼睛发花。勇把自己的外衣脱下来撑开在我的头顶，形成一把遮阳伞，他说："你这么不小心，腿都摔断了，是在学校里和同学玩的时候摔断的吧？"

我脸一红，的确是，小声地答道："玩跑马攻城的时候。"

他笑了起来，说："这游戏我们早就不玩了，你还小呢。"说得好像他已经有多年长了似的，之后他却又说，"你家的老宅，已经变成了鬼屋。"

我打了他一耳光。离得太近，又是冷不防的，他没法躲开，一边的脸就微微地发红了，可他只是微愣了下，就抚抚脸苦笑。

他已经好几次不顾我的感受了，破坏我心目中最好的事，虽然他用他的衣服给我遮阳，我还是没有办法容忍。他被我打了一耳光，倒是消停了，不再说话，可是依旧扶着我，陪伴在我身边，我也不知道还能说什么，甩开他的手，决定独自去老宅，他执意扶着我，说如果不小心，把另外的腿也摔断了，更去不了了，不知道再有几个五年，才能再回来。

最后，还是我们二人一起到了老宅。

大门早就被拆了，只剩残破的围墙和门蹲子，院子里的房子，已经没有屋顶了，据说屋顶的椽子被拆了拿去卖钱了，窗户还是有的，木头的窗户甚至还能看出来刷的绿漆，已经斑驳得不像话，露出木头的原色，窗上的玻璃完全没有了，仿佛这窗上从来就没有装过玻璃。

我心里最美的小菜园，荒草萋萋，隐隐还能看出地埂隐在杂草之中，然而，那些令人期待的甜瓜、梨瓜和面瓜，还有那些绿莹莹的小黄瓜呢？那个走在菜园间、拔起一棵洋葱剥了皮就生嚼的爸爸的身影呢？

原本印象里平整阔大的院子，现在看起来不但不大，而且也不平整，被拆掉的土和砖块散落在院子里，加上常年没有人来，因此虚土浮尘，一脚踩下去，鞋子都埋在了土里，那辆马车还有那间马厩呢？房子的门呢？

从没有了门的门里看进去，曾经的灶膛还在，眼前仿佛出现妈妈在案板上切菜、和面的情景，爸爸在灶膛前烧火的情景，我装肚子痛仰躺在他的腿上，让他给我揉肚子的情景……

我知道进入这个房间，往左套着两间房，一间里放着张大床和五斗橱柜子，还有张八仙桌，另一间房里有个火炕，连着个小炉子，炕头有带抽屉的长桌子，窗前有个方形矮桌子，平时我们就在矮桌子上吃饭，在火炕上睡觉。

在灶房的右侧，也有一间房子，里面都放着杂物。杂物散发出来的气息是很令人难忘的，那是岁月沉淀下来的气息，我一直记着……

勇一把拉住了我,说:"这墙多年没有修过,随时会倒,太危险,别进去。"

我还是进去了,除了那个灶膛,基本没有保留下什么东西了,空荡荡的四壁,地上有些散落的竹篾子,潮湿阴暗,渗出冰冷洁白的碱,墙根下有许多老鼠洞,每个洞都那么大,看起来这墙壁的确有马上倒下来的趋势。

在角落里,散着几只饺子,已经被风干了,却还能看出是饺子的形状,我想起来了,这是给某邻居家的狗做的,我被狗咬了,咬得很重,邻居虽然愿意负责,但那痛是我受了,邻居家的狗是疯的,可以挣脱铁链子出来随便咬人,于是我爸和我妈商量着做了些掺了敌敌畏的饺子,要喂给那狗吃给我报仇,可是饺子做好了,他们却犹豫了,认为狗毕竟是通灵性的,是一条生命,不能就这么弄死了,干脆就把这些毒饺子放在角落里毒老鼠。

虽然我一直以为去世其实是去别的地方旅游,以为我爸爸会回来,可是直到这时候才明白,他永远也不会回来了。

我站在后窗前,往外看着,手紧紧地握在窗棂上。

这空气,如此潮湿!

这里还有他曾经生活过的痕迹,但也只是曾经,否则他怎么会让人砍掉那棵大榆树呢?我似乎还能闻到他的味道,我甚至能看到他的笑容,听到他的声音,可是他的确已经走远了，否则为什么让这个家变得如此破败呢？

有个女人从屋后的小路上走过，神情本来就有些紧张，无意间抬眸正好与我对视，她面色大变，惊叫出声，然后如同被怪物追着似的，一路狂叫飞奔到了路的尽头，上了大路，拦住人向后窗方向指着，大声地说着什么。

不知道勇是什么时候进来的，扑哧地笑着说："她把你当成鬼了。我早跟你说了，这宅子早就变成鬼宅了，我们这村里的人，没人不怕它。"

我没有想到，一个心心念念、让我一心想要回来的家，原来在别人的心目中，竟如此阴森可怖。他们只看到这败落令人多么心惊，却无法探究这空气里藏了多少的悲伤。

……

我趴在枯树墩子上哭了起来，这是第一次为爸爸哭。以前哭，只是因为想念他而他不出现，于是我为自己哭。这次，才是真正地为他哭。

我才明白，死亡到底意味着什么。

那个人，无论你多么想念他，无论你做多少有关他的梦，他早就已经撒手了，不会再明白你的痛和不舍。他走了，永远也不会活生生地出现在你的面前。

人生，便也结束了。

有 态 度 的 阅 读

微　博 小马BOOK	抖音 小马文化	全案营销 小马青橙工作室
公众号 小马文艺	淘宝 小马过河图书自营店	
小红书 小马book	微店 小马过河图书自营店	投稿邮箱 xiaomatougao@163.com

图书在版编目（CIP）数据

大厂小镇 / 嬴春衣著 . -- 北京：华龄出版社，2024.5
　ISBN 978-7-5169-2732-8

Ⅰ.①大… Ⅱ.①嬴… Ⅲ.①纪实文学－中国－当代 Ⅳ.① I25

中国国家版本馆 CIP 数据核字（2024）第 062285 号

大厂小镇

作　　者　嬴春衣
出版策划　冀　晖
责任编辑　梁玉刚
责任印制　李未圻
策划监制　小马 BOOK
内文制作　刘龄蔓

出版发行　华龄出版社　HUALING PRESS

社址　北京市东城区安定门外大街甲 57 号
邮编　100011
发行　010-58122255
传真　010-84049572
承印　定州启航印刷有限公司
版次　2024 年 5 月第 1 版
印次　2024 年 5 月第 1 次印刷
规格　787mm×1092mm
开本　1/32
印张　8
字数　150 千字
书号　ISBN 978-7-5169-2732-8
定价　59.80 元

版权所有　翻印必究
本书如有破损、缺页、装订错误，请与本社联系调换